Marina Müller McKenna

LEONARDOS
LETZTE NACHT

Roman

Dieser Roman bewegt sich innerhalb eines verbürgten historischen
Rahmens und basiert auf Leben, Wirken und Weggefährten Leonardos.
Die historischen Fakten stützen sich, soweit möglich, auf die
zugänglichen Quellen sowie auf die Tagebücher Leonardo da Vincis.
Die in diesem Rahmen erzählte persönliche Geschichte ist allerdings in
einigen Teilen fiktiver Natur.

3., überarbeitete und korrigierte Auflage
© 2021/2023 Marina Müller McKenna
Umschlagfoto: Pixabay.com / Aleksey Kutsar
Umschlaggrafik: Marina Müller McKenna
nach einer Zeichnung von Leonardo da Vinci

Herstellung und Verlag:
BoD – Books on Demand, Norderstedt

ISBN: 978-3-7557-4005-6

FÜR JEAN-ALAIN MARVILLE
IN LIEBE UND GEDENKEN

FÜR ALL JENE IN GESCHICHTE UND GEGENWART, DIE
SICH VOR TIEFER ERFORSCHUNG DER DINGE NICHT
SCHEUEN UND STETS NACH DEM BESTEN IN SICH UND
DER WELT STREBEN

UND

FÜR MEINE UNVERGESSENE FREUNDIN
JOHANNA „ANTJE" SIEBERT

Nowhere – was ist das eigentlich? Wo ist es, dieses ‚Nirgendwo‘? Wie kann es einen Begriff, ein ‚Dingwort‘ sogar, geben für etwas, das per Definition gar nicht, zu keiner Zeit und an keinem Ort, existiert? Oder existiert es eben doch? Ich liebe die diesbezügliche englische Bezeichnung, denn sie liefert sogleich die Antworten auf diese Frage: *No-Where* wie *Nirgends*, oder *Now-Here* wie *Jetzt und Hier*. Nur vermeintlich sind diese beiden Interpretationen ein Widerspruch: Das ewige Jetzt ist nicht fassbar; es ist flüchtig. Und doch ist es alles, was wir wirklich ‚haben‘.

So ist es kein Wunder, dass Begebenheiten, selbst wenn sie schon Jahre, Jahrzehnte oder gar Jahrhunderte zurückliegen, und auch Menschen, noch lange nach ihrem Tod, uns auch heute noch so gegenwärtig erscheinen können.

Leonardo di Ser Piero da Vinci ist solch ein Mensch für mich. Er war in meinem Leben stets präsent. Das begann schon recht früh in meiner Kindheit. Ich traf ihn zunächst in einem biographischen Roman, dann in seinen Bildern; später in Nacht- und Tagträumen. Und wenn er es nicht selbst war, so war es seine Energie. Sie begegnete mir in Situationen ebenso wie in Personen.

Zuletzt traf ich diese ungeheure Energie, die sich wie eine Naturgewalt anfühlt, in dem Menschen, den ich geliebt habe. Selbstverständlich spürte ich sie auch, als ich vor einigen Jahren, in Amboise weilend, meine Augen nach oben auf die Grabkapelle Leonardos richtete, und dann auch an seinem Grab.

Mehr als 500 Jahre ist es her, dass Leonardo da Vinci im kleinen Schlösschen Cloux, heute als Château du Clos Lucé bekannt, in Frankreich starb.

Jedoch erscheint der sowohl als Künstler wie auch als Universalgenie bekannt gewordene Mann ungewöhnlich nah und erstaunlich modern.

Viele Biographien wurden über ihn geschrieben, auch wenn man vieles aus seinem Leben gar nicht so genau weiß. Seine Tagebücher und Aufzeichnungen wurden gesichtet und zum Teil veröffentlicht, während der Mensch Leonardo – mit Ausnahme einiger hier und dort zwischen Skizzen auftauchender Alltäglichkeiten, wie zum Beispiel detaillierter Einkaufslisten, – sich mit allzu persönlichen Details seltsam zurückhielt. Auch über seine relativ wenigen Gemälde scheint schon alles gesagt, und erst bei näherem Hinsehen wird uns bewusst, dass sie gleichwohl noch viele Geheimnisse bergen.

Das hier Geschriebene will nicht mit bereits erschienenen Biographien und Abhandlungen konkurrieren. Vielmehr will es sich dem Künstler von einer ganz anderen Seite her nähern. Es will dem Menschen Leonardo in seiner Entwicklung, seiner inneren Widersprüchlichkeit nachspüren. Und vor allem in seiner Beziehung zu den Frauen. Ich schreibe es auch in Hinblick auf die vielen jungen Künstler, denen ich in der von meinen Freunden betriebenen Kunstakademie für junge Talente begegnet bin und die sich mit denselben Dingen auseinandersetzen müssen, wie es einstmals Leonardo tat.

Gegen dieses Buch konnte ich mich nicht wehren. Ich empfing es, wie man ein Kind empfängt. Es ist meine ganz eigene Interpretation der letzten Nacht des großen Künstlers, jenes Moments der Wahrheit und Klarheit, der hoffentlich jedem von uns gewährt wird, bevor wir über die Schwelle treten – jene Schwelle vom Hier und Jetzt ins vermeintliche Nirgendwo, ins wahre *Now-Here*.

Ariane M.
Lagnières, im August ...

PROLOG

Marguerite von Angoulême, spätere Königin von Navarra, zwei Jahre ältere Schwester von König Franz I. von Frankreich, wird sich später an die Ereignisse dieses warmen Sommerabends im Schloss Amboise wie folgt erinnern:

„Es war im Jahr des Herrn 1518, an einem dieser Abende im Sommer nach Lorenzos Hochzeit und den Feierlichkeiten anlässlich der Ankunft des Dauphins. Mein Bruder, der König, feierte im Schlosse wieder einmal eines der damals so beliebten Feste. Die Musik spielte, man lachte und tanzte, immer wieder wurden neue Speisen aufgetragen, und die Hofdamen und -herren vergnügten sich mit verschiedenen Trinkspielen. Plötzlich wurde dieser alte Mann gemeldet, der italienische Künstler aus dem Schloss Cloux, Leonardo.

Der König ließ ihn vor – verwundert, aber eher neugierig, was der Maler von ihm wollte. Er bat mich ihn zu begleiten und ging dem unerwarteten Gast entgegen. In einer Nische des Saales trafen wir aufeinander.

Der alte Mann schien, ungeachtet der Schwüle der Nacht, wie vor Kälte zu zittern. Er hielt die Augen gesenkt und verneigte sich vor uns. Er entschuldigte sich für die Störung des Festes, und zu mir gewandt sagte er, dass er sich durch meine Anwesenheit geehrt fühle und sich erhoffe, dass ich mich für sein Ansinnen verwenden möge. Mit immer noch zitternder Stimme begann er, über ein Gemälde zu reden, das mein Bruder gerade erst von ihm gekauft habe, das Porträt einer gewissen Lisa Gioconda.

Mein Bruder glaubte zunächst, der Künstler sei mit dem vereinbarten Preis nicht zufrieden und wolle neu verhandeln.

Umso größer war unser beider Verwunderung, als wir aus seinem Munde hörten, er wolle ganz auf den Betrag verzichten, wenn der König das Bild nur bei ihm beließe und es erst nach seinem Tod an sich nähme. Immer noch wähnte mein Bruder einen anderen als den offensichtlichen Grund für diese Bitte. Denn nun bemühte er sich, den Maler davon zu überzeugen, dass er das Bild genauso haben wolle wie es jetzt sei und dass keine weiteren Pinselstriche an dem in seinen Augen perfekten Bildnis nötig seien. Dem Vernehmen nach hatte der Meister wohl stets Probleme gehabt, einmal begonnene Werke zu vollenden.

Allein, es war so offensichtlich, dass dies nicht der Grund für das seltsame Ansinnen war, und ich sah mich nun genötigt, meinen Kopf in Richtung des Bruders zu neigen und ihm zuzuflüstern: ,Sire, könnt Ihr es denn nicht sehen?'

,Was denn?' fragte er leise zurück.

,Nun ... Er liebt sie noch immer!'

Für einen Moment schien der König nicht zu verstehen. Dann antwortete er, eher verständnislos: ,Aber ... es ist doch nur ein Bild!'

,Eben! Es ist alles, was er noch von ihr hat', raunte ich zurück.

Der König zögerte zunächst, aber endlich schien er zu begreifen. Dann wandte er sich wieder dem Maler zu. ,Nun, Maître Léonard, Ihr habt Euch eine gute Verbündete ausgesucht. Wenn dem so ist, so behaltet das Bild, solange Ihr wollt. Aber vergesst nicht, dass es mir gehört. Und dass ich es zur Besiegelung des Kaufs natürlich gleich morgen bezahlen werde – keine Widerrede!'

Der Künstler verneigte sich in Erleichterung und Dankbarkeit, küsste mir die Hand, verbeugte sich tief vor dem König und entfernte sich danach schnell.

Mein Bruder schien, nach seinem ersten Erstaunen, nun eher belustigt; und getragen von dem großen Gefühl, einem alten Mann, den er sehr verehrte, etwas Gutes und Hochherziges getan zu haben, widmete er sich wieder dem Fest.

Ich denke seitdem oft an diesen Abend zurück. Irgendwie neide ich dem König die recht eigenartige Beziehung zu diesem schon zu Lebzeiten so berühmten Menschen; mehr noch aber fasziniert und rührt mich die Liebe, die ich im Gesicht des alten, gelehrten Mannes gesehen habe. Es liegt so viel Verborgenes in ihm, etwas nicht Greifbares, spürbar Ungewöhnliches, und gerne würde ich diesem Geheimnis nachgehen."

Das im vergangenen Sommer Erlebte blieb in Marguerites Erinnerung und begleitete ihre Gedanken durch den Herbst und den späten, aber sehr langen, kalten Winter. Sie war von der Idee einer romantischen Liebe des alten Malers zu dem schönen, aus seinem Leben schon lange entschwundenen Modell geradezu besessen, und zu gerne hätte sie mehr über die Umstände dieser Beziehung erfahren.

Die ungewöhnliche Härte des diesjährigen Winters wollte sich lange nicht neigen; bis in den März hinein war es eisig und trübe. Erst gegen Ende des Monats April 1519 weilte der Hof wieder, wie gewohnt, in Amboise. Um diese Zeit herum kam die Nachricht, dass es Leonardo gesundheitlich schlechter ging. Dies beflügelte wiederum die Phantasie der Prinzessin, und ihr Wunsch, dem Künstler wenigstens noch einmal im Leben zu begegnen und vielleicht gar mit ihm reden zu können, wurde angesichts seiner schwindenden Gesundheit immer stärker. Jedoch fehlte ihr zunächst jegliche Vorstellung davon, wie solch ein Treffen zustande kommen könnte.

Endlich, als ihr Bruder zu einem mehrtägigen Jagdausflug aufbrach, kam ihr eine Idee. Am Nachmittag des ersten Maitages setzte sie diese in die Tat um.

Ihren mit ihr im Schloss verbliebenen Hofdamen konnte sie nicht trauen, aber es gab eine Kammerzofe, die Marguerite gegenüber uneingeschränkt loyal war. Diese rief sie nun am frühen Abend zu sich, nachdem sie ihre Damen mit der Begründung, sie wolle sich früh zu Bett begeben, weggeschickt hatte.

„Alexine, du musst mir helfen, und du musst darüber schweigsam sein wie ein Grab", ließ sie die etwas verwundert dreinschauende junge Frau wissen, „ich verlasse mich auf dich!"

„Aber sicher, Madame!" antwortete diese mit einem artigen Knicks.

„Höre: Nimm einen Korb und geh in die Küche. Packe den Korb mit Brot, kaltem Braten, etwas Huhn oder anderem Geflügel, Pastete und Wein."

Alexine nickte.

„Weiter", fuhr Marguerite fort, „besorge mir ein einfaches Kleid, wie es die Küchenmägde an den Feiertagen tragen, einen Mantel und einfache Schuhe, und bring mir die Sachen. Nimm auch dir einen Mantel mit Kapuze, und erwarte mich zur siebten Stunde an der hinteren Pforte."

„Ja, Madame. Was soll ich sagen, wenn man mich in der Küche fragt?"

„Sag einfach, dass der König einem alten Freund eine kleine Aufmerksamkeit zukommen lassen will, und dass du auf seinen und meinen Befehl hin handelst."

Wieder nickte die Zofe und entfernte sich dann.

Zur verabredeten Zeit trafen sich die beiden Frauen am vereinbarten Ort. Die hintere Pforte wurde nicht oft benutzt und war daher verschlossen, aber Marguerite besaß einen Schlüssel. Bevor sie diesen hervorholte und das Schloss öffnete, zogen sich beide Frauen die Kapuzen der Mäntel tief ins Gesicht.

„Wenn wir eine Wache treffen, dann sagen wir, wir brächten im Auftrag des Königs einen Korb mit allerlei Köstlichkeiten zu dem kranken Maître Léonard. Auf keinen Fall verrätst du, wer ich bin." Marguerite schaute streng in das Gesicht ihrer Begleiterin, während sie das sagte. Dann verließen die beiden, den Korb zwischen sich tragend, das Schloss Amboise, ohne von jemandem bemerkt oder gar aufgehalten zu werden.

Es war nicht weit bis zum Schlösschen Cloux; eigentlich war es mit dem königlichen Schloss sogar durch einen unterirdischen Gang verbunden, den der König oft nutzte. Die Tür zu dessen Zugang war aber verschlossen, und Marguerite besaß dafür keinen Schlüssel. So mussten sie den Weg nehmen, auf dem auch Leonardo an jenem Sommerabend zu Fuß ins Schloss gelangt war. Keine zehn Minuten brauchten die Frauen.

Als sie an der Residenz des Künstlers angelangt waren, nahm Marguerite den Korb an sich, setzte ihn auf die Erde und schärfte ihrer Dienerin ein, was sie nun zu tun habe. „Geh wieder zurück zum Schloss. Wenn dich jemand aufhält, so sage ihm, dass du die Speisen und den Wein zu Maître Leonardo gebracht hast. Dann legst du dich vor meinen Gemächern schlafen und lässt auch morgen früh niemanden vor, bevor ich es ausdrücklich befehle. Ich vertraue dir, mein Kind."

Mit diesen Worten strich Marguerite der jungen Frau über den Kopf; dann richtete sie die Kapuze ihrer Zofe und schickte sie mit einer Geste auf den Weg zurück zum Château Amboise.

Als Alexine aus dem Blickfeld der hohen Frau verschwunden war, straffte sie sich, hob den Korb wieder auf und öffnete die Eingangstür des Hauptgebäudes, die nicht verschlossen war.

Drinnen war es still. Sie rief, um zu sehen, ob jemand im Haus sei, aber sie bekam keine Antwort.

Das kleine Schlösschen war Marguerite sehr gut bekannt. Hier hatte sie mit ihrem Bruder Zeiten ihrer Kindheit verbracht, als das aus roten Ziegeln und Sandstein gebaute Haus nach dem Erwerb durch Charles VIII. als königliche Residenz fungierte. Marguerite war, so konnte man getrost sagen, in Amboise aufgewachsen; daher rührte ihre große Zuneigung zu diesem Ort. Und im Schloss Cloux war sie als Kind, oft gemeinsam mit ihrem Bruder, durch die Räume getobt und vor allem durch den Park und das anliegende Wäldchen gestreift. Dieser Ort war für sie der Inbegriff jener Unbesorgtheit, die der ehemalige Schlossherr wohl im Sinn hatte, als er das eher wie ein Landsitz erscheinende Haus in ein ‚Lustschloss' umbauen ließ. Selbst das ebenfalls verspielt wirkende Château Amboise konnte nicht ganz mit dieser Leichtigkeit mithalten.

Aus diesen Kindertagen erinnerte sich Marguerite noch sehr genau, wo sich die Küche befand, waren sie doch als Kinder bei Gelegenheit gerne dorthin gegangen, um von den Köchen heimlich die eine oder andere Leckerei zu bekommen. Nun begab sie sich wieder dorthin, aber auch hier war keine Seele zu entdecken.

Dies war eigentlich das Reich der Haushälterin und Köchin Maturina, aber da in diesen Tagen nicht wirklich viel gegessen wurde und auch sonst im Haus beinahe alles zum Stillstand gekommen schien, hatte die Haushälterin frei, und so war im Moment niemand hier in der unteren Etage. Auf dem Küchentisch flackerte lediglich eine reichlich herunter-gebrannte Kerze, und am Rande der Feuerstelle siedete in einem großen metallenen Topf eine größere Menge Wasser leise vor sich hin.

Marguerite stellte den Korb auf dem großen Küchentisch ab und stieg dann zur ersten Etage empor, wo sie das Schlafzimmer Leonardos vermutete. Sie täuschte sich nicht.

Als sie die Tür zu dem Raum gegenüber der Treppe öffnete, sah sie das große, rotsamten behängte hölzerne Himmelbett, in dem der alte Mann lag. Neben ihm saß, das Gesicht in den Händen vergraben, ein relativ junger Mann. Es war Francesco Melzi, der letzte verbliebene Schüler Leonardos – und sein Freund und Sekretär.

Vom Eintreten des unerwarteten Gastes aus seinen offensichtlich dunklen Gedanken gerissen, schaute dieser nun auf und fragte verwundert: „Wer seid Ihr?"

Marguerite besann sich schnell. „Ich ... verzeiht mein Eindringen. Ich komme im Auftrag seiner Majestät. Der König beliebte, Maître Léonard Lebensmittel zu schicken und ihn seiner Fürsorge zu versichern." Marguerite war froh, dass Francesco ihr bislang nicht persönlich begegnet war und er daher keinen Verdacht über ihre wirkliche Identität schöpfte. Nun trat sie näher an das Bett heran.

Leonardo hatte nach einer vor längerer Zeit eingetretenen Lähmung der rechten Hand nun offensichtlich einen zweiten Rückschlag, vermutlich sogar einen Schlaganfall, erlitten; er war jedenfalls ganz offenbar nicht ansprechbar.

„Wie geht es ihm denn?" fragte die Prinzessin leise.

Francesco schaute traurig vor sich hin, als er antwortete.

„Der Meister hat seit Tagen nicht mehr vollständig das Bewusstsein erlangt." Dazu machte er eine hoffnungslose Geste. Er sah müde und erschöpft aus.

„Ist denn Eure Haushälterin nicht da?" fragte Marguerite.

„Nein, sie und unser Diener haben einen freien Tag. Im Moment nimmt der Meister ja sowieso nichts zu sich, und auch ich ..." Er sprach nicht weiter.

„So geht doch hinunter und esst; ich gehe Euch zur Hand und bleibe solange hier bei ihm", sagte sie. „Ihr habt sicher lange nichts Ordentliches zu essen gehabt. Auf dem Tisch steht ein Korb mit Brot, kaltem Braten und Pastete. Stärkt Euch daran und an einem Becher Wein aus den Kellern des Königs!"

Jetzt erst, bei diesen Worten, bemerkte Francesco, dass er tatsächlich sehr hungrig war. Die Aussicht auf ein Mahl und ein stärkendes Getränk ließ seinen Magen knurren. Aber konnte er den geliebten Meister hier mit dieser fremden Frau alleine lassen? Andererseits: Sie kam ja vom Hofe, im höchstpersönlichen Auftrag seiner Majestät, und was konnte sie ihm schon tun? Vielleicht würde eine weibliche Hand am Bett des Kranken sogar eine besondere Linderung bringen. Er fasste sich ein Herz. „Ich danke Euch! Es wird nicht lange dauern, ich bin bald zurück!"

Marguerite bestärkte und versicherte den jungen Mann in seinem Bedürfnis, zur Abwechslung etwas für sein eigenes Wohl zu tun. „Nehmt Euch nur Zeit, soviel Ihr wollt. Ich bleibe hier bei Eurem Meister."

Francesco ging hinunter in die Küche, wo er den wohl gefüllten Proviantkorb fand. Er nahm sich ein Stück vom Brot, schnitt eine gute Scheibe vom Braten ab und füllte einen Becher mit Wein, von dem er sogleich einen großen Schluck trank. Unmittelbar spürte er, wie eine entspannende und beruhigende Wirkung des Getränks durch seine Adern rauschte. Ruhiger nun, setzte er sich und begann zu essen. Ehrlich gesagt genoss er geradezu diese willkommene Abwechslung, und erst jetzt spürte er wirklich, wie lange er schon nicht mehr an seine eigenen körperlichen Bedürfnisse gedacht hatte, weil sich sein gesamtes Denken und Fühlen in den letzten Tagen nur um den geliebten väterlichen Freund gedreht hatte.

Als er fertig war, trank er den Rest des Becherinhalts – drei, vier gute Schlucke besten Weins – und fühlte sich plötzlich so wohlig wie ein gerade an der Mutterbrust genährter Säugling. Die Wärme des noch immer in der Kochstelle brennenden Feuers, das Essen und der Alkohol taten ihre Wirkung. Francesco wurde schlagartig so müde, dass er kaum die Augen offen halten konnte.

Dennoch, der treue Schüler Leonardos spürte in sich eine Art Schuldgefühl hochkommen. „Nur eine kurze Weile, Meister, ich werde gleich wieder bei Euch sein …" murmelte er erschöpft, während er den müden Kopf in die auf dem Tisch

verschränkten Arme legte, „… nur eine ganz kurze Weile …"
Dann war er schon entschlummert.

In der Zwischenzeit hatte Marguerite sich in Leonardos Schlafzimmer eingerichtet. Sie hatte den neben dem Bett stehenden Stuhl näher an das Kopfende geschoben und lauschte nun dem flachen Atem des Künstlers. Dann strich sie ihm eine Strähne langen, graublonden Haares aus dem Gesicht und fühlte gleichzeitig seine Stirn. Offenbar hatte der alte Mann kein Fieber.

Mehr zu sich als zu ihm begann sie leise zu reden: „So bin ich also zu spät gekommen. Ich werde wohl von Euch nichts mehr über Eure große Liebe erfahren. Aber wer weiß es schon, ob Ihr überhaupt geredet hättet? Selbst meinem Bruder, dem König, gegenüber wart Ihr verschlossen."

Sie erinnerte sich lächelnd an den festlichen Abend des letzten Sommers im Schloss von Amboise und an seinen unerwarteten, ungewöhnlich emotionalen Besuch. Dann fuhr sie fort. „Obwohl … mir brachtet Ihr damals eine Art besonderes Vertrauen entgegen, indem Ihr mich zur Fürsprecherin für Eure Sache erwähltet … Nun werdet Ihr, bewacht von der eifersüchtigen Liebe Eures treuen Schülers, hinübergehen in jene andere Welt, in die wir Euch noch nicht folgen können, und niemals werde ich wirklich wissen, welcher Art das geheimnisvolle Band ist, das Euch mit jener Frau auf dem Gemälde, mit dieser Lisa, verbindet …"

Plötzlich, als hätte die Nennung dieses Namens einen Schlüssel in einem Schloss gedreht, begann der alte Mann unruhig zu werden und sich zu bewegen. Die Prinzessin fasste erschrocken nach seiner Hand und drückte diese. Augenblicklich wurde Leonardo wieder ruhiger, doch dann, entgegen aller Erwartung, seufzte er leise und öffnete die Augen. Er versuchte, sich im spärlich erhellten Zimmer umzuschauen.

„Francesco, bist du da?" fragte er mit brüchiger Stimme.

„Nein, Maître Léonard, er ruht sich ein wenig aus. Ich bin jetzt hier."

Die unerwartete junge, weibliche Stimme schien den Kranken zu verwundern. Leonardo versuchte, seinen Kopf zu heben und die Frau genauer anzusehen. Dann huschte ein Erkennen über sein Gesicht. „Marguerite, Ihr …. Ich habe Euch doch gerade eben erst getroffen, auf der Lichtung im Wald. Ihr sagtet aber, Euer Name sei nicht … sei … etwas mit A …"

„Anna, ich bin Anna", beeilte sich Marguerite zu sagen, da sie ihre Identität nicht preisgeben wollte, um nicht erkannt zu werden. „Ich komme im Auftrag des Königs. Er sendet seine Grüße; außerdem etwas zu essen und zu trinken. Ich soll die Nacht bei Euch wachen."

„Anna? … Ich habe Euch aber doch gesehen, gerade eben, da sagtet Ihr …" Der Alte schüttelte leicht seinen Kopf. „Nun, es kommt nicht darauf an, wie etwas heißt. Wichtig ist, was es ist."

Marguerite setzte sich so zurecht, dass sie das Gesicht des Meisters besser im Blick hatte. „Was habt Ihr geträumt?"

„Ich habe nicht geträumt. Ich habe die Ameisen beobachtet. Ihr wart doch dabei, Marguerite … nein, Anna … ach, ich weiß es nicht." Seine Hand, die gerade eine Bewegung machte, so als wolle sie auf etwas hinweisen, fiel schlaff auf die Bettdecke.

„Ja, ich erinnere mich", erwiderte Marguerite schnell. So versuchte sie, den alten Mann zu beruhigen.

‚Was er wohl geträumt haben mag?' dachte sie, verwundert darüber, wie klar Leonardos Wahrnehmung gewesen zu sein schien. Dann legte sie ihm wieder ihre kühle Hand auf die Stirn.

Der Künstler, so umsorgt, glitt wieder in einen flachen Halbschlaf.

„Da, noch eins!"

Dieser Ausruf des Entzückens kommt aus dem Munde des etwa achtjährigen blonden Jungen, der sich, um besser sehen zu können, mit den Armen auf einen Ballen Stroh stützt und nun mit einer Handbewegung in Richtung des sich vor seinen Augen entfaltenden Ereignisses weist. Währenddessen leckt die im Mittelpunkt des Ganzen stehende Mutter ihr jüngstes Neugeborenes.

Der kleine Leonardo hat die Hauskatze in den letzten Tagen ständig verfolgt, um die Geburt der Kätzchen, die sich durch den immer dicker sich wölbenden Bauch des Tieres angekündigt hatte, nicht zu verpassen. Jetzt schaut er fasziniert auf dieses Wunder und kann seine Begeisterung über die drei kleinen, blinden Wesen, die im Strohnest liegen, nicht verhehlen.

Der einzige, mit dem er dieses Ereignis teilt, ist sein nur fünfzehn Jahre älterer Onkel Francesco. Leonardo vertraut diesem Mann, mit dem ihn beinahe so etwas wie eine Kameradschaft verbindet, dass er die Kätzchen nicht, wie es so oft der Fall ist, kurz nach der Geburt ertränkt. Es wäre solch eine Verschwendung von Naturkraft, nach all der Anstrengung, dieses gerade in die Welt gekommene Leben gleich wieder auszulöschen.

Es kommt noch ein viertes, aber es ist klein und schwach. Es hat keine Chance, bewegt sich nur wenig und ist nach etwa einer Stunde tot. Dann ist die Geburt vorbei. Liebevoll kümmert sich die junge Katzenmutter um die verbliebenen drei kleinen Kätzchen.

Leonardo hat sie *Coccolina* genannt, nun wird er sich auch für die Babys Namen ausdenken. Auf dem Hof des Großvaters gibt man den Tieren keine Namen, aber der Junge hat durch Beobachtung herausgefunden, dass jedes Lebewesen seinen eigenen Charakter hat. Somit bekam auch der stets an der Kette angebundene Hofhund einen Namen: *Benedetto*. Und wieder war nur der Onkel in diese geheime Welt des Kindes eingeweiht. Wie oft schon hatte er gesagt: ‚Benedetto – gesegnet seiest du, dass du uns beschützt‘. Und dabei hatte er Leonardo stets zugezwinkert.

Zu gerne hätte der Junge den Hund von der Kette genommen und wäre mit ihm in der Umgebung von Anciano und Vinci herumgestreift, aber das kann es natürlich nicht geben. Der Hund hat seine Aufgabe und seinen Platz.

So wie er, Erstgeborener des ehrenwerten Florentiner Notars Ser Piero da Vinci, jetzt hier seinen Platz hat.

Leonardos Mutter, das bei seiner Geburt erst 16-jährige Bauernmädchen Caterina, war der Familie keine ernst zu nehmende Partnerin für den aufstrebenden Sohn gewesen; eher ein Abenteuer, wie es junge unverheiratete Männer eben suchen, um sich die Hörner abzustoßen. Wenngleich Ser Piero, was zu dieser Zeit nicht gänzlich ungewöhnlich ist, sich durchaus des daraus entstandenen Sohnes angenommen und ihn in die väterliche Familie aufgenommen hat, wird Leonardo immer das bleiben, als was er auf die Welt gekommen ist – ein illegitimes Kind. Schnell nach der Geburt des ersten Sohnes hatte sich Ser Piero standesgemäß verheiratet, die legitimen Kinder aus dieser – wie aus jeder noch folgenden – Verbindung werden nach festen Regeln aufwachsen, an der Kette der geltenden Konventionen, so wie der arme Benedetto an seine Kette gebunden ist. Er aber, Leonardo, wird wie Coccolina sein, unabhängig und frei. Noch kann der Junge das nicht wirklich wissen, aber er kann es in seinem tiefen Innern ahnen, und diese Ahnung macht ihn sehr froh.

Wenige Tage später liegt Leonardo, gemeinsam mit seinem Onkel, im Gras hinter den Ställen seines Großvaters. Versonnen schaut er in den glasklaren blauen Himmel und beobachtet einen Milan, der über ihm seine Kreise zieht. Immer enger und enger werden seine Kurven; das Gefieder glänzt in der Sonne, und der so typisch keilförmige Schwanz bewegt sich beinahe unmerklich seitwärts, um jeweils die Richtung zu ändern und die Luftströme auszunutzen. Der Junge fragt sich, wie es dem Tier gelingt, sich mit so wenigen Flügelschlägen so lange, beinahe unendlich lang, in der Luft zu halten und dabei sogar noch an Höhe zu gewinnen.

Dann, wie hypnotisiert von dem Kreisen des Raubvogels und der warmen Frühsommersonne, nickt er ein.

Ein Traum. Er ist wieder ein Baby. Jemand hat ihn mit seiner Wiege aus dem Haus herausgetragen und mitten auf die Wiese hinter den Stall gebracht. Dort liegt er nun, allein, aber überhaupt nicht ängstlich. Denn er ist ja nicht allein! Über ihm schwebt ein Milan, majestätisch, zirkelnd, Ausschau haltend. Immer enger werden seine Kreise, und dann ... dann stürzt er sich hinab, auf das Kind, auf Leonardo. Er landet auf seiner Brust, aber er verletzt den kleinen Jungen nicht. Interessiert schaut das Kind auf den riesigen Vogel, der nun erregt mit den Flügeln schlägt. Und dann geschieht etwas ganz und gar Unerwartetes: Mit seinen Schwanzfedern öffnet der Vogel den Mund des Knaben und streicht ihm mehrmals damit über die Zunge. Dann erhebt er sich wieder und steigt in das Blau des Frühsommerhimmels auf ...

Als Leonardo erwacht, ist er ganz verwirrt.

„Was ist los?" will Francesco wissen.

Aber zunächst kann der Junge vor Verwirrung nur stottern. Zu real war ihm dieser ganze Traum erschienen, als dass es nur eine Phantasie hatte sein können. Und jetzt, da er seine Sprache wiederfindet, ist ihm, als habe er diesen Vogel in der

Wiege tatsächlich erlebt, als habe der Traum nur wiedergegeben, was tatsächlich vor Jahren geschehen war, und als habe er sich nun nur wieder daran erinnert. Er erzählt es schließlich dem Onkel; aber davon, dass er glaubt, es sei tatsächlich geschehen, sagt er nichts. Das ändert aber nichts daran, dass Francesco, der selber an Naturbeobachtungen und vor allem am Flug der Vögel Interesse hat, den Neffen um diesen Traum beneidet.

Onkel Francesco, so lebens- und abenteuerlustig er auch sein mag, muss sich den Gepflogenheiten der alteingesessenen Florentiner Beamtenfamilie aus Vinci fügen. Er soll sich in der Seidenmanufaktur profilieren. Oft ist er tagelang oder sogar länger mit dem Vater, Leonardos Großvater, in Geschäften unterwegs, meist in Florenz. Die Familie ist nicht arm, aber Großvater Antonio, der das Leben auf dem Lande dem in der Stadt vorzieht, führt als Patriarch ein zur maßvollen Mitte strebendes, einfaches und gottesfürchtiges Leben. Dem müssen alle in seinem Haushalt folgen. Wenigstens findet Leonardo noch in seiner Großmutter, der Monna Lucia, ein nachgiebiges, mütterliches Wesen.

Derweil achten Ser Piero und sein Vater auf eine ausreichende Bildung des jüngsten Familiensprosses, auch wenn diesem das nur in den allernotwendigsten Grundlagen gelehrte Latein schwerfällt und er viel lieber rechnet und liest. Am liebsten jedoch würde er sich in der Umgebung herumtreiben und von der Natur lernen. Aber – Gott möge es verhüten – sollte der Ehestand des Notars keine legitimen männlichen Nachkommen hervorbringen, so kann immer noch auf den ersten, unehelichen Sohn zurückgegriffen werden und dieser dann die in der Familie vorherrschende Beamten- und Notarslaufbahn einschlagen. Wie gesagt, Gott möge es verhüten!

Bis jetzt hat Ser Pieros Ehefrau noch keine Kinder geboren, aber der Vater ist ja auch noch jung. Leonardo ficht das im Moment nicht an. Er genießt lange Streifzüge durch die Umgebung, die sich ausdehnen können, wenn der Großvater in Angelegenheiten unterwegs ist. In der Liebe und Fürsorge seiner Großmutter fühlt der Junge sich geborgen, und gelegentlich entwischt er unbemerkt, um seine Mutter zu besuchen, die im nahegelegenen Weiler Anciano mit einem Bauern verheiratet wurde. Wenn dieser nicht da ist, genießt Leonardo umso mehr die mütterliche Nähe und die Zärtlichkeiten, die sie mit dem Erstgeborenen tauscht. Dies sind Momente unbeschreiblichen Glücks.

Weniger glücklich fühlt sich Leonardo in der Pfarrschule, die er seit etwas mehr als einem Jahr besucht. Besonders mit den älteren Jungen kann er sich nicht anfreunden, zu fremd sind ihm deren derbe Spiele und Interessen. Es verursacht ihm regelrechtes Leid, wenn er mit ansehen muss, wie die Kinder sich daran ergötzen, Tiere zu quälen. Weil ihnen das nicht verborgen bleibt, tun sie es extra, um den zurückhaltenden Jungen zu ärgern. Erst reißen sie einem Insekt die Flügel aus, dann necken sie ihn mit hoher süßlicher Stimme: „Nardo, Nardo, na was wirst du nun tun? Willst du dich unterm Rock deiner *Nonna* verstecken?" Aber der so beim Spitznamen genannte ‚Nardo' – was eigentlich ‚der Starke, Harte' bedeutet – verwehrt ihnen instinktiv eine Reaktion und damit die ersehnte Genugtuung.

Gelegentlich allerdings, besonders wenn die Tiere größer sind als Insekten, greift er ein, was meist für das arme Opfer die Rettung bedeutet, Leonardo aber ein lädiertes Äußeres, Kratzer und blaue Flecken einbringt. Ist der Großvater abwesend und nur die Monna Lucia im Haus, kann er auf Gnade hoffen, ist hingegen der Großvater da oder wird ihm die Geschichte hinterbracht, hat das unangenehme Folgen. Dies im

Voraus in sein Denken einzubeziehen liegt allerdings nicht in Leonardos Naturell. Er ist nicht berechnend. Freiheitsentzug ist die Folge; oft muss er für eine bestimmte Zeit im Haus bleiben. Manchmal wird er auch in die kleine fensterlose Kammer eingesperrt. Natürlich weiß Großvater Antonio nicht, dass dies gar keine so große Strafe für Leonardo bedeutet. Das durch einen Spalt einfallende Sonnenlicht wandert an der Wand entlang und lässt den Jungen mit Ideen spielen, den Lauf der Sonne und die vergehende Zeit betreffend; manchmal ist auch eine Fliege oder ein Käfer mit ihm in Gefangenschaft geraten, die sich beobachten lassen, und wenn die Sonne nicht scheint und er ganz allein ist, gibt er sich seinen zahllosen Phantasien hin. Dennoch werden ihm diese Zeiten des Eingesperrtseins und der Strafen für eine gerechte Sache sein Leben lang in Erinnerung bleiben. Später wird er einmal in sein Tagebuch schreiben: ‚Wo viel Gefühl ist, da ist auch viel Leid.'

Je älter er wird, umso weniger wird er noch von seinen Schulkameraden beachtet; eher wird er als Eigenbrötler betrachtet. Der Reiz, ihn zu provozieren, ist verflogen, und so werden auch die ehemals gepeinigten armen Geschöpfe zunehmend verschont.

Was aber bleibt, ist Leonardos Liebe zu allem Lebendigen, zu Mathematik und Geometrie, und seine absolute Abneigung gegen das Latein, dessen Grammatik sich ihm einfach nicht erschließen will. Seine große Lehrmeisterin ist die Natur. Immer öfter und immer weiter unternimmt er seine Streifzüge durch die Landschaft rund um den Gebirgszug des Monte Albano, dessen Hügel und Schluchten. Besonders schön ist es im Frühjahr und im zeitigen Sommer, wenn die Schopfhyazinthen überall ihre tiefvioletten Köpfe herausstrecken. Die Zwiebeln dieser Blumen werden in manchen Gegenden gesammelt und zu einem Mahl verarbeitet, das weiß Leonardo, auch wenn er es selber noch nicht gegessen hat. In dieser aufblühenden und aktiven Jahreszeit denkt er weniger ans Essen; stattdessen liebt er es, Vögel und Insekten zu beobachten. Er entdeckt ein in einem Baum gebautes Nest von Wildbienen, lauscht dem kaum hörbaren Knispern in einem Gebüsch – wahrscheinlich die Fressgeräusche einer der vielen Eidechsen – oder bewundert das in der Sonne glänzende ‚Schneckensilber', die Schleimspuren der in der kühleren Nacht aktiv gewesenen Weichtiere. Oft liegt er nur auf einer Wiese und schaut in den Himmel, an dem immer Greifvögel kreisen, und träumt sich mit ihnen in die Luftströmungen, die es ihnen erlauben, nahezu ohne Flügelschlag im Aufwind beinahe stillzustehen.

Auf einem seiner längeren Streifzüge auf die Höhen des Monte Albano hält Leonardo an einer Stelle mit guter Sicht inne und schaut in die Ebene. Es ist ein kühler Herbsttag; die Sonne versteckt sich hinter einer geschlossenen Wolkendecke. Doch der frische Wind hat alle Feuchte aus der Luft hinweggeweht, und so hat der Junge eine klare Sicht in die Ebene hinab. Er ist sich nicht sicher, aber er meint, ganz am Horizont einen blauen Streifen wahrzunehmen – kann das das Mittelmeer sein? Oh, wie gerne würde er sich, den Greifvögeln am Himmel gleich, erheben und dort hinunterschweben.

Plötzlich tut sich in ihm etwas auf. Es ist wie ein Moment, den er schon einmal erlebt hat. Er empfindet es jetzt, in diesem Augenblick, und er weiß, was er gleich denken wird. Aber es wird nicht er sein, der es denkt, es wird – wie verwirrend ist das denn? – der ältere Mann sein, der er einmal werden soll. Plötzlich ist er, jedenfalls fühlt er es so, ein Mann vom Alter seines Vaters – nein, seines Großvaters. Im kleinsten Teil eines Wimpernschlages geht es ihm – dem alten Mann wie auch dem Jungen Leonardo – durch den Kopf: *Alles das, was wir nicht wissen, ist ein riesiges Meer. Und die wenigen winzigen Inseln darin sind das, was wir zu wissen glauben, unsere Erkenntnis.'*

So schnell es kam, so schnell ist es auch wieder vorbei, und nach einem weiteren Wimpernschlag kann sich Leonardo nicht einmal mehr an das gerade gehabte wundersame Erlebnis erinnern. Es ist verloren wie die vielen Träume der Nacht, gleich nach dem Erwachen, wenn man sich seiner selber wieder bewusst wird.

Ein wenig verwirrt schaut er nach unten. Quer über den Weg, genau vor seinen Füßen, findet eine Art Prozession statt. Hunderte, vielleicht Tausende kleiner Ameisen transportieren flache, runde Samenscheiben irgendeiner Pflanze. Sie tragen diese wie Segel, hochkant, woraus eine Art rhythmisches Winken entsteht. Die Samen sind so groß, dass man die kleinen Tiere unter ihnen kaum wahrnimmt. Es ist wie der riesige Zug einer Legion Soldaten – unbeirrbar auf das Ziel gerichtet. Leonardo ahnt, dass tief unter der Erde ein Staat, ja eine ganze unsichtbare Welt der Ameisen existieren muss.

Dem Kind bleiben von diesem Nachmittag drei Dinge: eine unbestimmte, nagende Furcht, niemals alles wissen zu können, sowie die unbezwingbare Sehnsucht nach dem Fliegen. Und eine Gewissheit: Mir wird niemand die Flügel ausreißen!

Über die letzte Stunde hin hatte Marguerite still neben Leonardos Kopfende an dessen Bett gesessen. Nachdem der alte Mann in einen tiefen Schlaf geglitten war, hatte sie ihre Hand auf die seine gelegt und dort gelassen. Sie spürte, dass er im Moment ohne Schmerzen und vor allem ohne dunkle Träume war; ja es war, als atme er entspannter als noch zu dem Zeitpunkt, als er das erste Mal in ihrer Gegenwart erwacht war. Und einige Male erschien es ihr sogar, dass ein leises Lächeln über seine Züge ging.

Größer kann der Gegensatz für den jungen Leonardo nicht sein. Gerade ist die dem Knaben immer freundlich zugetan gewesene Albierta, erste Ehefrau des Ser Piero, kinderlos gestorben. Der ist nun wieder auf Freiersfüßen unterwegs. Derweil hat er beschlossen, den Sohn, der dreizehn Jahre alt ist, zu sich nach Florenz zu holen.

Diese Stadt ist so verschieden von der Landschaft und dem bisher gehabten freien Leben in den Hügeln um Vinci und Anciano herum, dass es für Leonardo zunächst einer Strafe gleichkommt. Keine Felsschluchten mit in wilden Wirbeln dahinstürzenden Wassern, keine im Wind rauschenden Wiesen oder Olivenhaine findet er hier, sondern nur mit mehr oder weniger hohen Bürgerhäusern und Palazzi gesäumte Straßenschluchten und den Lärm städtischer Umtriebigkeit.

Der Junge braucht Beschäftigung. Eigentlich braucht der Junge mehr als das. Er hat die Schule bis zur Mittelstufe besucht; studieren und eine juristische Laufbahn einschlagen soll er nicht. Ser Piero sucht nach einem Lehrberuf für Leonardo. Da dieser gerne zeichnet, fällt ihm der Bildhauer und Goldschmied Andrea del Verrocchio ein, der seine Werkstatt in der Via Ghibellina, ganz in der Nähe des Palazzo Vecchio, hat. Dort wird er mit dem Sohn vorstellig.

„Ich grüße Euch, Meister Andrea!" Mit diesen Worten betritt er die geschäftige Werkstatt des Künstlers.

Der blickt von einem Tonmodell auf, an dem er gerade arbeitet. „Ser Piero, was für eine Ehre. Habe ich etwa vergessen, eine Rechnung zu bezahlen, oder wollt Ihr zur Abwechslung mal mir einen Auftrag erteilen?" Mit diesen eher zur Konversation als zur Erkundigung gesagten Worten weist er dem Notar und seinem jungen Begleiter den Weg in einen weniger lauten Raum neben der Werkstatt, während er sich die Hände an einem Tuch abwischt.

Piero setzt sich auf einen der angebotenen Stühle, Leonardo bleibt neben ihm stehen. Verrocchio platziert sich dem Notar gegenüber.

Der fragt nun seinerseits den Künstler: „Und, wie gehen die Geschäfte?"

„Oh, Ser Piero, wie Ihr seht, nicht schlecht. Meine Werkstatt gleicht einem Bienenkorb. Ich hatte noch nie so viele Aufträge. Die Leute haben Geld und wollen schöne Dinge um sich haben. Und die vielen Palazzi wollen mit Kunst gefüllt werden."

„Dann habt Ihr wohl auch mehr Lehrlinge als noch vor einigen Jahren, als ich Euch kennenzulernen die Ehre hatte?"

„So ist es! Ich habe mich neben den anderen Gewerken jetzt ernsthaft auch der Malerei zugewandt. Man muss mit der Nachfrage und dem Geschmack der Leute gehen."

„Das ist gut!" Ser Piero beugt sich etwas vor und reicht Verrocchio eine Mappe. „Wollt Ihr so gütig sein, Euch diese Zeichnungen meines Sohnes Leonardo anzusehen? Er zeichnet viel und ich glaube, er besitzt einiges an Talent."

Jetzt erst mustert Verrocchio den beinahe 14-jährigen näher. Vor ihm steht ein hochgewachsener Junge mit wohlgeformtem Körperbau und wachen Augen im ebenmäßigen, von Locken umgebenen Gesicht. Es ist der Bildhauer in ihm, der diese Details mit einem Blick erfasst. Bildhauerei, das Anfertigen von Skulpturen, ist die Meisterschaft des Künstlers. Allein der immer größer werdende Bedarf an Gemälden und die Konkurrenz durch andere Werkstätten, deren es in Florenz besonders viele hat, haben ihn in letzter Zeit auch die Malerei in sein Repertoire aufnehmen lassen, auch wenn ihm selber diese Kunst viel weniger liegt.

Dann öffnet er die Mappe und betrachtet mit Interesse die darin enthaltenen Zeichnungen. Leonardo beobachtet derweil mit unverhohlenem Selbstbewusstsein den Meister. Der ist ein um die dreißig Jahre alter Mann, kräftig, bodenständig aussehend; offensichtlich seinem Handwerk und seiner Kunst verpflichtet, mit einem klaren Blick für Formen.

Den hat wohl auch der junge Zeichner, dessen Proben er jetzt bewerten soll. Und Verrocchio gefällt, was er sieht. Er legt die Blätter zurück in die Mappe und reicht sie Piero zurück. „Ihr habt recht, Euer Leonardo hat wirklich ein gutes Auge. Noch ist er sehr jung ... aber ich wäre froh, ihn in meine Werkstatt aufzunehmen."

Nichts anderes hatte Ser Piero erhofft, nun aber ist er doch erleichtert. Die Ausbildung in einem aufstrebenden Kunsthandwerk ist seinem Erstgeborenen somit sicher.

Allerdings soll sich Leonardo erst einmal eingewöhnen. Er tritt zunächst – auch wegen seines jungen Alters – den Dienst als Laufbursche an. Als solcher hat er Wege zu erledigen und Einkäufe zu tätigen; er wird aber bald schon, wie auch die etwas älteren Lehrlinge, mit allen anderen Arten von Hilfsarbeiten betraut. Dazu gehören die für Lehranfänger so typischen Tätigkeiten wie das Zerreiben der Farbpigmente, das Mischen von Grundierungen und Bindemitteln oder das Reinigen von Pinseln und Paletten. Leonardo ist interessiert und intelligent; er erfüllt alle diese Arbeiten zuverlässig.

Zudem gewöhnt er sich an, immer einen kleinen Block von möglichst hellem Papier und einen Stift bei sich zu führen, um gegebenenfalls Skizzen zu machen. Die Stadt Florenz, die er nun öfter auf seinen Erledigungen für die Werkstatt durchstreift, bietet ihm viele neue Motive, die es wert sind, festgehalten zu werden. Da sind die Märkte, auf denen er Studien von Menschen und auch von Tieren betreiben kann, und da ist die vielfältige Architektur der Palazzi und vor allem die der Kirchen, allen voran Santa Maria del Fiore mit ihrer einmaligen Kuppel. Und es geht soweit, dass er manchmal sogar vor feuchten Mauern stehen bleibt, in denen er Bilder, Gesichter oder Landschaften zu sehen glaubt, und in denen er sich regelrecht verlieren kann.

Im Atelier selber schnappt er oft im Vorbeigehen Dinge auf, die die anderen Lehrlinge von Meister Andrea erklärt bekommen, seien es Lehren über Konstruktion, Bildhauerei, Metallbearbeitung oder Malerei. Und schon sehr bald, noch lange bevor er offiziell den Titel ‚Lehrling' tragen darf, ist Leonardo in die üblichen grundlegenden Aktivitäten einbezogen, die sich hauptsächlich um das Studieren und Kopieren von Skizzen und Entwürfen des Meisters sowie anderer Künstler drehen.

Eines Tages allerdings wird er zu einer ganz anderen, ungewöhnlichen Aufgabe gerufen.

„Leonardo, komm her! Hier, zieh das an!" Meister Andrea weist auf ein Kleidungsstück, das auf einem Stuhl liegt. Es ist eine Art gegürtete ärmellose Tunika aus sehr feinem, durchsichtigem Stoff. Der Junge entledigt sich ohne Zögern seiner Kleidung, streift sich das Gewand über und baut sich dann vor seinem Lehrmeister auf.

Dieser mustert ihn ausgiebig. „Sehr gut – und nun die Stiefel." Was Verrocchio damit meint sind ein Paar Schuhe aus sehr weichem, dünnem Leder, die in der Höhe bis zur Mitte der Waden des Jungen reichen und dort mit einer zur Tunika passenden Borte abschließen. Am Fuß jedoch sind diese Schuhe offen wie eine Sandale und lassen die Zehen frei.

„So, zieh mal das Oberteil glatt!" dirigiert ihn indes der Meister. „Verlagere dein Gewicht auf das rechte Bein, lass den Arm hängen. Schau nach links, linke Hand auf die Hüfte ... ja, das linke Bein ausstellen ..." Diese Vorgaben sind zwar sehr präzise; allein, der Junge nimmt die Pose schon von selber beinahe perfekt ein, noch bevor die Anweisungen überhaupt ausgesprochen werden. Er hat ein natürliches Empfinden dafür, was von ihm verlangt wird.

Das Oberteil ist so fein gewebt, dass Leonardos Körper sich detailliert abzeichnet; es ist beinahe, als habe er, außer der den Halsausschnitt abschließenden Borte und dem raffenden Gürtel, gar nichts an. Der wie ein Rock in Falten gelegte kurze Schurz indes lässt die schlanken, wohlgeformten Beine sehen. Leonardo hat, neben der aufrechten Haltung, noch die physische Erscheinung eines Jugendlichen. Aber schon zeichnet sich das Spiel der Muskeln unter der straffen Haut ab – sicher ein Ergebnis seiner frühen Jugendjahre, in denen er viel in der Landschaft umhergestreift ist und seinen Körper durch lange Klettertouren trainiert hat.

Verrocchio tritt an ihn heran und ordnet die das Gesicht umspielenden Locken, dann tritt er wieder zurück und betrachtet sein Modell. Ja, man muss ihm nur noch ein halblanges Schwert in die rechte Hand drücken, und natürlich gehört zu seinen Füßen das abgeschlagene Haupt des Rivalen. So sieht der von noch keinem Zweifel an sich selbst getrübte, kraftvoll-jugendliche Held aus – David, Bezwinger des Goliath. Andrea del Verrocchio hat sein Modell für die von Lorenzo de´ Medici beauftragte Statue gefunden.

Er greift zum Stift und macht erste Skizzen, derweil steht Leonardo ganz still und fragt nicht nach – der Meister wird mit ihm schon über seinen neuesten Auftrag reden. Und so kommt es auch.

In den nächsten Wochen wird Leonardo noch öfter für den David Modell stehen, denn Skizzen allein können dem Meister nicht den plastischen Eindruck ersetzen – und so etwas wie dieser David lässt sich auch nicht als Ton-Gips-Modell herstellen. Dieser Umstand allerdings birgt eine neue Lektion für Leonardo. Dem ist nicht entgangen, dass Verrocchios große

Stärke im Skizzieren, Zeichnen und Modellieren liegt und er bei der erst spät ins Repertoire aufgenommenen Malerei auf diese Kenntnisse aufbaut. Daraus hat der Meister eine spezielle Arbeitsweise entwickelt.

„Was tun wir, Leonardo, wenn wir so naturgetreu wie möglich malen wollen?"

Der Junge braucht nicht zu überlegen. „Wir arbeiten mit einem Modell."

„Und was tun wir, wenn wir uns ein teures lebendes Modell nicht leisten können?"

Jetzt ahnt er, worauf sein Meister hinaus will, denn er hat es schon oft in der Werkstatt gesehen, und so antwortet Leonardo: „Wir machen uns ein Gipsmodell."

„Genau. Neben den Skizzen ist ein Modell aus Ton und Gips nicht zu überbieten. Weißt du, wie viel man einer Person als Modell zahlen müsste? Ein Gipsmodell ist zu jeder Zeit verfügbar, es kostet nichts ... und es isst und trinkt auch nicht."

Bei dem Letztgesagten lacht der Meister und schaut seinem Lehrling ermunternd ins Gesicht. Der ist, wie immer, viel zu ernsthaft bei der Sache. Nun soll er also lernen, wie man Ton- oder Gipsmodelle einkleidet, und dann soll er anhand der Modelle ganz genau den Wurf der Falten bei unterschiedlicher Beleuchtung studieren und skizzieren.

„Denn", so Verrocchio, „einen guten Faltenwurf kann es nur geben, wenn das, was darunter ist, der wahren Form des menschlichen Körpers entspricht." Also wird zunächst ein Abbild des nackten Körpers gemacht, das dann mit dem in flüssigen Gips getauchten Stoff eingekleidet wird.

Und darin ist er wirklich ein Meister ...

„Tauche das Tuch ein und lege es locker über das Gipsmodell. Vorsicht, mache das Gipsbad für die Tücher nicht zu mächtig, sonst fallen sie nicht natürlich. Wenn der Stoff nicht richtig liegt, nimm ihn herunter, wasche ihn aus und beginne von neuem, bis die Lage der Falten natürlich wirkt. Dann drücke das Tuch vorsichtig an, aber nur an den aufliegenden Stellen, nicht an den losen, damit der natürliche Faltenwurf nicht zerstört wird. …."

Leonardo tut, wie ihm geheißen. Er stellt sich geschickt an, sowohl bei der Herstellung der Gipsmodelle als auch dann bei den in entsprechend unterschiedlichen Lichtverhältnissen angefertigten Skizzen und Studien. Da Verrocchios Stärken die Bildhauerei und die Goldschmiedearbeit sind, stellen Geometrie und Zeichnung die Grundlagen seiner Kunst dar. Das zeigt sich auch in den Skizzen des Meisters, in denen Bereiche von Licht und Schatten sich stark voneinander absetzten – eben so, wie es auch in einer Skulptur scharfe Licht- und Schattenbereiche gibt. Leonardo hingegen versucht, den Faltenwurf und das Spiel des Lichts in seinen Studien viel weicher verlaufen zu lassen als sein Meister es tut; eben so, wie er es sieht.

Eine Werkstatt wie die Verrocchios funktioniert wie ein großer Haushalt; die Schüler arbeiten, leben, schlafen und essen mit dem Meister unter einem Dach. Sie erlernen nicht nur das Handwerk, sie führen je nach Qualifikation auch Aufträge oder Teile von Aufträgen aus. Sie bekommen auch einen kleinen Geldbetrag, um gelegentlich auszugehen, aber die meiste Zeit verbringen sie tatsächlich im Haushalt und in der Werkstatt ihres Lehrmeisters.

Natürlich bleibt der schnelle Wandel Leonardos vom einfachen Laufburschen hin zum richtigen Lehrling den anderen Schülern nicht verborgen. Man kann den Jungen nicht mehr so einfach nach irgendetwas schicken oder mit irgendeiner der Arbeiten beauftragen, zu denen man selber keine Lust hat. Nun hat er eigene Aufgaben, eigene Projekte auszuführen, und überdies steht er eben dem Meister Modell für den David. Auch dem um einige Jahre älteren Sandro

Botticelli, mit dem Verrocchio gelegentlich zusammenarbeitet, stößt dieser Wunderknabe unangenehm auf. Noch ist der Künstler, der ursprünglich ebenfalls das Goldschmiede-Handwerk erlernt hat und dessen Malstil sehr an die starken, eher unnatürlich wirkenden, harten Übergänge Verrocchios erinnert, nicht berühmt. Die beiden, Leonardo und er, werden sich ein Leben lang nicht mögen.

Tatsächlich hat der unverheiratete und kinderlose Verrocchio sehr schnell begonnen, väterliche Gefühle für seinen neuen Lehrling zu entwickeln. Dabei ist der Knabe Leonardo ganz anders als er, der Beharrliche, Gründliche, Geduldige. Sein junger Lehrling zeigt trotz seiner Unbeschwertheit und Leichtigkeit stets auch immer eine gewisse Ungeduld und Sprunghaftigkeit. Im Grunde ergänzen sich in diesem Sinne die beiden Charaktere, da sie sich ausgleichen.

An manchen Tagen, wenn Verrocchio außer Hörweite ist, wird Leonardo von den anderen Schülern schon mal spöttisch „Maestro garzone" – „Meisterlehrling" genannt. Da glauben sie noch, dass er ihnen so bald nicht das Wasser wird reichen können. Aber Leonardos künstlerische Entwicklung in den Jahren unter Anleitung von Meister Andrea hält nichts und niemand auf. Dennoch erspart Verrocchio seinem meisterlichen Lehrling nichts, und Leonardo erkennt schon früh: *Alle guten Dinge sind nur um den Preis harter Arbeit zu haben.*'

Es ging auf Mitternacht zu. Marguerite war in ihren Gedanken gewandert und hatte über einzelne Erlebnisse in ihrem Leben nachgedacht. Ein leises Seufzen Leonardos, das wie eine Sehnsucht nach etwas lange Vergangenen klang, ließ sie in die Gegenwart zurückkehren. Immer noch war sein Gesicht ruhig und entspannt. Sie fragte sich, ob der alte Mann etwas träumte, und wenn ja, was. Wenn es so wäre, dann musste es etwas Schönes, Beruhigendes sein. Im Moment sah das Gesicht Leonardos von allen Sorgen und aller Krankheit unberührt aus, beinahe wie das eines Kindes. Oder wie das eines Engels …

Der Engel soll von ihm gemalt werden. Meister Andrea überlässt ihm im Bild der Taufe Christi den linken unteren Bildausschnitt, und Leonardo macht sich mit frischen Ideen ans Werk. Er nimmt sehr wohl wahr, dass Verrocchios Figuren, ganz typisch, in scharfen Abgrenzungen von Licht und Schatten, gemalt worden sind, und er will es ganz anders machen. Zunächst einmal verwirft er die Idee, den Engel in Tempera auszuführen, in der das restliche Bild gemalt ist. Er verwendet die erst kürzlich in Gebrauch gekommene Ölfarbe, die es ihm erlaubt, viel weichere Verläufe zu malen und verschiedene Lasuren übereinanderzusetzen. Er überarbeitet auch Teile der im Hintergrund sichtbaren Landschaft. Das Ergebnis ist eine mit Tempera nicht zu erreichende Zartheit der Farben und Übergänge, eine Art dreidimensionaler Durchsichtigkeit. Der junge Künstler ist dabei, das zu erfinden, was man später als „Sfumato" bezeichnen wird.

Mittlerweile hat Leonardo mit zwanzig Jahren seine Ausbildung beendet und ist nun selber als Maler bei der Gilde St. Lukas eingeschrieben. Normalerweise würden Lehrlinge nach Beendigung der Lehre die Werkstatt ihres Meisters verlassen, aber Leonardo bleibt weiter bei Verrocchio. Dieser registriert natürlich die ganz neue, luftige, leichte Malweise seines ehemaligen Schülers. Wahrlich, es bedarf nicht der Eintragung Leonardos als Meister bei der ‚Campagnia dei Pittori'. Andrea del Verrocchio kann nicht anders als sich einzugestehen, dass er hier seinen eigenen Meister gefunden hat. Fortan wird er kaum noch einmal einen Pinsel in die Hand nehmen; er wird das Malen für die Kunden seinen Schülern überlassen und zu dem zurückkehren, was schon immer seine Spezialität war: das Modellieren, die Arbeit mit Marmor und Bronze sowie die Schmiedekunst.

So sehr sich am Beginn einer Ausbildung das Kopieren von Skizzen und Gemälden alter Meister bewährt hat, so fest glaubt Leonardo – und schreibt sich diese Notiz auch in sein Skizzenbuch: ‚*Ein Maler kann nicht immer nur malen, was andere schon gemalt haben. Das Ergebnis wird immer nur ein Abbild von einem Abbild sein, und am Ende wird die Kunst selber verflachen. Man muss Neues schaffen, neue Motive und neue Wege, diese darzustellen.*‘

So oft es geht, spaziert Leonardo durch die Gassen von Florenz, und besonders gerne geht er zum Markt. Dort sieht er die unterschiedlichsten Typen von Menschen, die er in seinem Skizzenbuch festhält; besonders interessieren ihn die einfachen Leute, Händler, Huren, Alte, Bettler. Es gibt auch viele Vogelhändler dort. Es tut Leonardo weh, die Vögel, die er als seine Brüder empfindet, in den engen Käfigen zu sehen, nur um sie dann zu verkaufen, damit Menschen sich an ihrem Gesang erfreuen können. In seinen Augen ist das ein Verbrechen, und wenn er etwas Geld hat, kauft er selber Vögel, allerdings nur, um sie dann etwas außerhalb der Stadt freizulassen.

Denn Freiheit in allem, im Leben, in der Kunst, in der Meinung, im Ausdruck und in der Neigung, ist das Wichtigste. Nur wer sich aufschwingen kann, sieht von oben das Ganze, um das es geht. Das ist das Höchste!

Und es geht um das Ganze. Das macht Leonardo im Einvernehmen mit einem weiteren Engel klar: dem der Verkündigung. Und so malt er …

Sie hat ihn nicht kommen gehört.

Als der Engel landet, da sind seine Schwingen so leise, dass sie nur einen leichten Luftzug erzeugen. Maria sitzt auf der Terrasse und ist in ein Buch vertieft. Erst als die Buchseite beim Umblättern sich im Lufthauch leise bewegt, schaut sie auf. Da kniet er schon. Die an einen Schwan erinnernden Flügel schwingen nur leicht nach, zu seinen Füßen erzittern die vielen kleinen Wildblumen unter dem Windhauch.

Schon hat Gabriel seine rechte Hand zum Segensgruß erhoben; in der herunterhängenden Linken hält er eine weiße Lilie. „Sei gegrüßt, Gesegnete, der Herr ist mit dir." Erschrocken nimmt sie den linken Arm zurück, die Hand bildet eine abwehrende Geste. „Was wollt Ihr? Wer seid Ihr?"

Dieser seltsame Bote erfüllt den gesamten Garten, die Terrasse, alles was sich innerhalb der sie umgebenden Mauern befindet, mit einem goldenen Licht. Im Hintergrund führt ein ebenso golden beschienener Weg unter hohen Araukarien und Zypressen durch eine leuchtende Gegend, die so ganz im Kontrast steht zu der zum Horizont hin immer heller, immer kühler werdenden Landschaft, in der eine ferne Stadt undeutlich im glasblauen Wasser verschwimmt.

Da sagt der Engel zu ihr: „Fürchte dich nicht, Maria; denn du hast bei Gott Gnade gefunden. Du wirst ein Kind empfangen, einen Sohn wirst du gebären; dem sollst du den Namen Jesus geben."

Sie hat ihn gehört, aber sie hat ihn nicht verstanden. Sie traut ihren Ohren nicht. „Was meint Ihr?"

Unbeirrt spricht der Engel weiter. „Er wird groß sein und Sohn des Höchsten genannt werden. Gott, der Herr, wird ihm den Thron seines Vaters David geben. Er wird über das Haus Jakob in Ewigkeit herrschen und seine Herrschaft wird kein Ende haben."

Maria aber, die mit einem Mann namens Josef aus dem Hause David verlobt ist, sagt zu dem Engel: „Wie soll das geschehen, da ich noch bei keinem Manne gelegen habe?" Aber Gabriel antwortet ihr: „Der Heilige Geist wird über dich kommen, und die Kraft des Höchsten wird dich überschatten. Deshalb wird auch das Kind heilig und Sohn Gottes genannt werden."

Sie könnte jetzt einfach das Buch zuschlagen, aufstehen, ihr Gewand raffen und aus dem Garten gehen; in die Landschaft unter den Bäumen, in die Sonne, goldenes Licht. Aber nicht nur die üppig wallende Kleidung hindert sie. Sie ist gefesselt von dem, was sich da vor ihren Augen abspielt.

Noch hat in diesem Bild Maria ihr Schicksal nicht angenommen; noch glaubt sie nicht, was hier gerade Unerhörtes geschieht. Aber sie weiß instinktiv, dass sich hier gerade ihr gesamtes Schicksal entscheidet. Und eine Ahnung befällt sie, dass es sich nicht nur um ihre eigene Geschichte handelt, die sich durch all dies verändern soll.

Sie wird es annehmen, sie ist auserwählt. Sie ist – anderes lässt das Bild nicht zu – die künftige Mutter Gottes.

Sie hat es nicht kommen gesehen.

Es geht Leonardo nicht nur um den Gottessohn, es geht ihm um Gottes ganze Welt. Und die will er sehen: von oben, von unten, von allen Seiten und Perspektiven; er will sie durchdringen und das Innerste erkennen; auch und vor allem das geheime Innerste der Frauen, die in seinen Augen alle potentielle Gottesmütter sind.

Leonardo weiß: Er will das allumfassende Menschliche in jeder Person, egal welchen Geschlechts, gleichgültig welchen Standes, welchen Berufs und welchen Alters, sehen; das will er sich und anderen erklären – und das will er in seinen Bildern zeigen.

Natürlich! Selbstverständlich will und wird sich Leonardo die Hörner abstoßen, so wie das jeder junge Mann in seinem Alter tut. Was ist dabei? Allerdings hat es einen Vorfall gegeben, und nun ist der öffentliche Ankläger hinter ihm her. In einem der vielen in Florenz vorhandenen geheimen Briefkästen wurde eine Denunziation gegen ihn und drei andere deponiert, einen Vorgang von ‚Sodomie' betreffend. Mit anderen Worten: Er soll sexuelle Begegnungen mit anderen Männern gehabt haben.

In Florenz ist die Liebe zwischen Männern grundsätzlich nichts Ungewöhnliches. Das Hingezogensein zum eigenen Geschlecht wird gesellschaftlich genau so akzeptiert wie eine platonisch-schwärmerische Liebe zu verheirateten oder verlobten Damen; diese Neigung körperlich auszuleben ist allerdings gefährlich und wird verfolgt. Und die rechtlichen Konsequenzen sind durchaus ernst zu nehmen: Öffentliche Demütigung und hohe Geldstrafen sind noch vergleichsweise harmlos, aber auch Exil kann drohen oder gar, im äußersten Fall, die Hinrichtung. Die Dinge scheinen, wie so oft, ähnlich zu sein, sind aber eben nicht das Selbe.

Leonardo ist außer sich. Er steht angeklagt da, weil er keinen Zeugen für das Gegenteil der anonymen Behauptungen beibringen kann. Sehen sie denn nicht die offensichtliche Unlogik in all dem? Um genau zu wissen, was er mit wem getrieben haben soll, hätte derjenige, der das behauptet, ja seinerseits anwesend sein müssen. Damit wäre dieser ‚Zeuge' allerdings Teil des Geschehens gewesen.

Aber nicht genug damit. Die Tatsache, dass hinter vorgehaltener Hand in diesem Zusammenhang auch Verrocchios Name genannt wird und der Umstand, dass

Leonardo als Meister und eingetragener Maler noch immer bei seinem ehemaligen Lehrmeister lebt, lässt an einen Neider aus dem Umfeld von Meister Andreas´ Werkstatt denken.

Natürlich kennt Leonardo die körperlichen Aspekte des sogenannten ‚natürlichen' Umgangs der Geschlechter miteinander. Er geht jedoch prinzipiell davon aus, dass Frauen nur eine Art ‚Gefäß', ein Ableiter für die zwangsweise entstehende Lust des Mannes, somit also nur ein Mittel zum Zwecke der Fortpflanzung, sind. Ihm scheint nichts anderes vorstellbar, als dass der Akt der Vereinigung, der Empfängnis und dann erst die Schwangerschaft und die Geburt eine Tortur für die Frauen darstellt. Und dass die Frauen sich dieser ihnen naturgegeben zugewiesenen Rolle passiv und ohne die Möglichkeit einer Gegenwehr unterwerfen müssen.

Der Gedanke, dass seine eigene Existenz nur dadurch begründet ist, dass ein junges Mädchen durch diese Strapazen gehen musste, verletzt ihn geradezu und erfüllt ihn mit umso mehr Liebe und Zärtlichkeit für seine Mutter Caterina.

Hingegen registriert er, dass das Lustorgan des Mannes ein rechtes Eigenleben führt und seinem Besitzer ganz und gar nicht gehorchen will. Morgens, wenn man aus dem Schlaf kommt, ist es oft schon wach und war manches Mal sogar auch schon aktiv; zuweilen meldet es sich zu den ungelegensten Zeiten, nur um dann, wenn man mit ihm eindeutige Absichten hegt, nicht Folge zu leisten. Leonardo scheint es, dass der Penis einen eigenen Willen, ja eine eigene Intelligenz hat, und er studiert ihn wie ein unbekanntes, exotisches Tier.

Wenn dem nun so ist, scheint es dann nicht logisch, dass man – als zwangsweiser Besitzer eines solchen Körperteils – sich mit jenen umgibt, die sich ebenfalls mit dessen Launen auseinanderzusetzen haben, also mit Gleichgesinnten?

Die Frauen hingegen stellt er sich gleichsam als Opfer dieses männlichen Organs als auch der herrschenden gesellschaftlichen Ordnung vor. Schließlich kann nicht zu jedem Weibe der Heilige Geist kommen, um hernach den Engel mit der Botschaft über eine unbefleckte Empfängnis zu senden. Das kann es nur für eine geben, Maria, und nur für den Einen, den Sohn Gottes.

Staat und auch Kirche aber brauchen ein Volk, folglich Kinder. Demnach propagieren beide Institutionen auch ausschließlich das einzige Modell, das diesem Ziele dient: Ehe und ehelicher Verkehr zum Zwecke der Zeugung. Und die Frauen sind die Leidtragenden. Natürlich erweckt im idealen Fall die Mutterschaft am Ende die heiligsten Gefühle der Mutter zu ihrem Kind, und in diesem kommen sich das jung und unverheiratet zur Mutter gewordene Bauernmädchen, die verheiratete Dame der Gesellschaft und die Jungfrau Maria dann doch wieder sehr nahe. Denn in der Mutterschaft blüht jede Frau auf und wird so gleichsam heilig.

Über alle Maßen aufblühen sah Leonardo allerdings auch Frauen im gleichgesinnten Gespräch über Kunst, Literatur oder Natur, sofern sie zu diesen Dingen Zugang und Interesse daran hatten. Davon konnte und kann er sich immer wieder in der Werkstatt Verrocchios und auch bei eigenen Arbeiten mit weiblichen Modellen überzeugen. Somit verbindet ihn mit dem Weiblichen weit mehr als nur das Geheimnis um Geburt und Mutterschaft; es ist ihm eine viel intensivere, allumfassendere Partnerschaft mit den Frauen möglich als mit Männern, denen der Sinn in der Regel nur nach dem Einen steht.

Am Ende kommt Leonardo im Fall der Denunziation mit dem Schrecken und seiner inneren Wut davon. Die Verfolgung der Angelegenheit wird fallengelassen, ein Tribunal findet nicht statt. Sei es aus Mangel an Beweisen, sei es – eher noch – weil seine Mitangeklagten die Söhne angesehener Florentiner Familien sind, denen man schwer am Zeuge flicken kann. Der Schreck aber über das, was beinahe über ihn gekommen wäre, wird den jungen Mann und Künstler ein Leben lang prägen. Später wird er, in Erinnerung an seine Kindheit, in sein Tagebuch schreiben: *,Als ich etwas gut gemacht habe, habt ihr mich eingesperrt. Jetzt wo ich es als Erwachsener mache, werdet ihr mir Schlimmeres antun.'*

Der Mann im Bett war in den letzten zwanzig Minuten zunehmend unruhig geworden, hatte seinen Kopf hin- und herbewegt, und aus seinem Gesicht war alles Knabenhafte und Ruhige gewichen. Marguerite hatte ihm die Schläfen mit Wasser benetzt und kühlende Umschläge auf die Stirn gelegt. Nur langsam beruhigte sich der Alte, der trotz der teilweise heftigen Bewegungen weiterhin ohne Bewusstsein geblieben war, soweit es das Hier und Jetzt betraf. Aber die an seiner Seite sitzende Prinzessin war sich sicher, dass er in irgendwelchen Traumgefilden unterwegs war …

Die Frau, die ihm Modell sitzt, ist eigentlich noch ein Mädchen. Ginevra de´ Benci ist sechzehn und gerade im rechten Alter, sich zu verloben. Der Glückliche ist Luigi di Bernardo Niccolini, und glücklich darf der sich sehr wohl schätzen, denn die Schönheit der zukünftigen Braut wurde schon von mehreren Nobelmännern der Stadt – und über deren Grenzen hinaus – in Gedichten und Sonetten besungen. Das wird sich fortsetzen, und die junge Dame, die sich selbst in einem Gedicht als *Bergtigerin* bezeichnet, wird sich als Literatin einen Namen machen. Da lohnt es doppelt, das Aussehen der jungen Braut in diesem zarten Alter für die Nachwelt festzuhalten.

Leonardo ist ein Freund der Familie; mit Ginevras Bruder Giovanni verbindet ihn eine Kameradschaft. Und so hat er mehrere Sitzungen mit der Schwester im Atelier, um das nach ganz neuer Manier gemalte Porträt anzulegen. Waren bis jetzt solche Darstellungen von Verlobten oder frisch Verheirateten im Profil gehalten, so führt der junge Leonardo, nun in seinen zwanziger Jahren, die Dreiviertel-Ansicht in die Porträt-Malerei ein, wie sie seit Neuestem schon im Norden Europas praktiziert wird. Die Porträtierte schaut also nicht nach links oder rechts, sondern der Blick geht aus dem Bild heraus auf den Betrachter, der seinerseits der abgebildeten Person in die Augen und, wenn der Maler seine Kunst versteht, auch in die Seele schauen kann. Und für Leonardo ist natürlich ganz klar, dass die Augen das Tor zur Seele sind, über das man mit dieser in Austausch treten kann.

Heute hat der Künstler sein Modell allerdings nach draußen gebeten; das heißt, er hat sie im Hause ihres verstorbenen Vaters aufgesucht und sie gebeten, für ihn im Garten Modell zu sitzen. Dieser Garten ist, was im dicht bebauten Florenz eher ungewöhnlich ist, recht geräumig, beinahe wie ein Park. Hier spazieren sogar einige Pfauen herum. Durch das Malen im Freien ist es Leonardo möglich, das Spiel des Lichtes auf dem Gesicht der Porträtierten zu studieren, denn sie soll in der freien Landschaft, mit einem ihrem Namen entsprechenden Wacholderbusch im Hintergrund, dargestellt werden. Dieses Gewächs entspricht ganz und gar dem Wesen der jungen Frau: Sie ist ein Weib, aber sie ist nicht schwach. Sie weiß was sie will, und sie ist wie der Wacholder wehrhaft.

Ginevra erfüllt ihre Aufgabe als Modell sehr diszipliniert; still sitzt sie da, mit geradem Blick, kein Lächeln umspielt die Lippen. Das Gesicht ist noch beinahe kindlich rund, aber fest und entschlossen. Ihre Augen schauen geradeaus auf den Maler, aber auch irgendwie an ihm vorbei, beinahe wieder zurück auf sich selbst gerichtet. Das Gesicht, die Augen, die Lippen drücken keine Freude aus, eher Kühle und ein subtiles Wissen.

Leonardo versucht, sie mit allerlei Fabeln und Geschichten bei Laune zu halten. So mit diesem Gleichnis, das er neulich in der Werkstatt gehört hatte:

„Ein Hund lag zum Schlafen auf einem Schafsfell. Einer seiner Flöhe roch die fettige Wolle und dachte sich, dass dies eine viel bessere Umgebung zum Leben sein musste und dass er dort außerdem vor den Krallen und Zähnen des Hundes geschützt wäre, die ihn immer dann bedrohten, wenn er von dem Blut des Hundes saugte. Ohne lange nachzudenken verließ der Floh das Hundefell und zog in die dicke Wolle des Schaffells um. Dort allerdings bekam er große Schwierigkeiten sich fortzubewegen oder gar zum Grund durchzudringen. Nach vielen Anstrengungen musste der Floh aufgeben und feststellen, dass es unmöglich war, sich zwischen den Schafhaaren, die so dicht waren, dass sie sich beinahe berührten, zu bewegen oder gar ganz hinunter bis zur Haut zu gelangen. So, nach all seinen ermüdenden Versuchen, kam der Floh zu der Erkenntnis, dass er gerne zu dem Hund zurückkehren wollte. Dieser allerdings hatte seinen Schlaf längst beendet und war fortgegangen. So war der Floh nun gefangen, und nach viel Bedauern und bitteren Tränen starb er an Hunger und Durst. – So ergeht es jenem, der mit seinen Lebensumständen nicht zufrieden ist und meint, dass es ihm anderswo besser erginge, und der daher sein altes Leben ungeprüft aufgibt."

Ginevra hört aufmerksam zu und nickt zum Zeichen ihres Dankes freundlich, nachdem Leonardo geendet hat.

Dann aber, nach einer kleinen Pause, sorgt sie selber dafür, dass dieser Gedankenaustausch kein Monolog bleibt. Unvermittelt sagt sie: „Ihr versteht Euch aufs Erzählen!" Um dann auf ein anderes Thema zu kommen. „Man sagt, dass Ihr auch Forschungen betreibt; womit beschäftigt Ihr Euch zurzeit?"

Den Künstler erstaunt die Frage nicht; die junge Frau ist für ihre Wissbegier und ihren scharfen Verstand bekannt. So antwortet er: „Im Moment interessieren mich besonders die Gesetzmäßigkeiten des Lichts, zum Beispiel auch auf Eurem Gesicht."

„Was kann man denn über das Licht lernen?" fragt sie zurück.

„Nun, das Licht macht es erst möglich, dass unser Verstand durch die Augen die Schönheit der Welt wahrnehmen kann. Wenn man es etwas wissenschaftlicher formulieren will, so ist es auch dafür verantwortlich, *wie* wir die Dinge überhaupt sehen." Er deutet auf den Rasen vor ihnen. „Schaut doch einmal hier: Das Licht kommt von hinten, und doch sehe ich es durch die Blätter des Grases scheinen, denn sie sind transparent. Allerdings ist es nicht zu sehen durch solidere Stoffe, wie die Stämme der Bäume oder durch Eisen. So muss also eine Sache von Licht durchdringbar sein, damit sie ihren inneren Aufbau preisgibt."

„Ja, Ihr habt recht, Leonardo, es sieht wirklich ganz anders aus als an einem wolkigen Tag. Es ist doch eigenartig, dass ein und dasselbe so unterschiedlich wahrgenommen werden kann."

Mit dieser Bemerkung ist Leonardo in seinem Element. „Wusstet Ihr, dass die Natur sich oft selber darstellt, wie es gewöhnlich nur ein Künstler tut? Ich sah schon Stücke nassen toten Holzes, die wie das Muster eines Fisches aussahen, mit den feinen Zeichnungen der Schuppen, wie man sie auf dem Fischmarkt sehen kann. Neulich fand ich ein Stück verwitterte Baumrinde, das aussah wie der Flügel eines Vogels ... Die Natur selber ist die größte Täuscherin – und gleichzeitig die größte Künstlerin. Nicht immer ist alles das, was man sieht, auch das, was es zu sein scheint."

„Da mögt Ihr recht haben …", entgegnet die junge Frau, derweil Leonardo, ganz in seinem Element, schon zu Weiterem ausholt.

„Und nicht nur das Licht spiegelt uns verschiedene Wahrheiten vor. Auch die Feuchtigkeit. Oft sieht man in der Nässe, die nach einem Regentag die Mauern heraufzieht, Gesichter oder ganze Landschaften. Manchmal hilft es, wenn man die Augen zusammenkneift oder mit unscharfem Blick etwas betrachtet … Oder schaut nur auf diesen Baum …" Er weist auf ein nahe stehendes Gehölz. „Kann man darin nicht eine menschliche Gestalt erblicken?"

Sie schaut nur kurz in die angezeigte Richtung, dann sitzt Ginevra wieder so da, wie sie es die ganze Zeit lang schon getan hat. „Ihr habt einen wachen Blick, Leonardo. Auch mir sind derlei Dinge schon aufgefallen."

Dann verstummt sie wieder. Während des gesamten Gesprächs hat sie nicht einen Mundwinkel verzogen; nun scheint sie wieder in sich hineinzuschauen. Derweil sinnt Leonardo einem anderen Gedanken nach: Ihm ist aufgefallen, dass er in seinen Träumen oft die Dinge viel klarer sieht, als er das im wachen Zustand kann. Also wäre das Licht nicht das einzige Medium, das zum Sehen befähigt? Was aber lässt den Menschen in seinen Träumen sehen? Die Seele? Das Herz?

Dicht neben den beiden erklingt plötzlich der typische Ruf eines balzenden Pfaus. Dieses Geräusch ähnelt dem der Katzen, wenn sie umeinander werben. Der Trieb zur Fortpflanzung, so unverständlich er Leonardo manchmal erscheint, kann durchaus schöne Dinge hervorbringen.

Und auch Leonardo balzt. Auch er flirtet mit den Frauen. Aber er jagt nicht in fremdem männlichem Hoheitsgebiet, nicht im Bereich der sexuellen Lust. Er sucht einen für ihn viel intimeren Austausch auf einem Gebiet, das die Männer an der Seite dieser Frauen gar nicht interessiert: Leonardo dürstet es nach intellektuellem Austausch, nach geistigem Gleichklang. Und für ihn ist ganz klar, dass dies genau so in der Natur der Frauen liegt wie in der Natur der Männer. Und natürlich empfindet der junge Mann, nur wenige Jahre älter als sein Modell, ein starkes Verlangen danach. Er kann es sich gar nicht anders vorstellen. Denn was kann es Intimeres, Schöneres geben? Er steht mit seiner Art des Umgangs zu niemandem in Konkurrenz. Indem Leonardo sich jeglicher sexueller Beziehung zu einer bestimmten Frau enthält, wendet er sich allen Frauen in besonderer Weise zu.

Wenn man allerdings immer nur für private Auftraggeber malt und außerdem den Ruf hat, die zeitlichen Vereinbarungen für ein Werk oft nicht einzuhalten, dann kann man nicht in die Reihe der berühmtesten Florentiner Künstler aufsteigen. Zudem hat die Medici-Familie schon ihre Lieblinskünstler erkoren. Zu denen zählt auch der ungeliebte Konkurrent Botticelli mit seinen wohl im Bildaufbau modernen Gemälden – immerhin lässt auch er mittlerweile seine dargestellten Personen aus dem Bild auf den Betrachter schauen. Das ändert aber für Leonardo nichts an deren beinahe grafisch wirkender malerischer Umsetzung, die alles zeigt und keinen Raum für Geheimnisse und Andeutungen lässt.

Er denkt über eine eigene Werkstatt nach, jedoch will er erst einmal auch einigen räumlichen Abstand gewinnen. Und so kommt es, dass der Mittzwanziger ein Jahr in dem nicht weit von Florenz gelegenen Pistoia verbringt.

Pistoia ist Florenz nicht unähnlich; es beherbergt ebenfalls eine Reihe von Künstlerwerkstätten. Jedoch ist es kleiner, das Umland ist weiträumiger und schneller erreichbar.

Leonardo unternimmt, immer mit seinem ihn nun überallhin begleitenden Notizbuch am Gürtel, mehrere ausgedehnte Wanderungen in die Umgebung, die von Hügeln, Weinbergen und Obstgärten geprägt ist.

So auch an diesem warmen Frühlingstag. Schon jetzt muss er keinen Proviant mitnehmen. Am Wegrand wachsen und reifen bereits zu dieser Jahreszeit die ersten Feigen. Wie muss es dann erst im späten Sommer und frühen Herbst sein ... Es wird Trauben und Beeren geben, und die Feigenbäume werden jeden Tag aufs Neue mit frisch gereiften, nahrhaften und süßen Früchten einladen. Als Leonardo jetzt einige der frühen Exemplare kostet, spürt er sofort dieses eigenartige Gefühl, das sich nach dem Genuss von Feigen einstellt: ein leicht klebriger Film auf den Lippen. Der kommt von dem besonders in den Stielansätzen enthaltenen Pflanzensaft, und er lässt sich schwer weglecken. Noch störender aber sind die unendlich vielen Kletten und Grassamen, die sich schon jetzt in den Kleidern festsetzen.

Überall huscht und raschelt es. Die Sonne wärmt den Boden und weckt Düfte, die in die Nase steigen. Unwillkürlich muss Leonardo an seine Kindheit denken, an die Streifzüge durch die Gegend um Vinci und Anciano herum, an seine Ausflüge zum Monte Albano und die Sehnsucht, es den Greifvögeln gleichzutun und mit ausgebreiteten Schwingen über die Berge hinweg in die Ebene zu segeln, direkt bis hin zum am Horizont schimmernden Meer ...

Er muss aber auch an die erduldete Schmach denken: an das Genecktwerden durch die älteren Mitschüler, an seine unzureichende Schulbildung; daran, eingesperrt zu werden für die edle Tat, ein Leben verteidigt zu haben, das Leben eines Tieres; den Kampf geführt zu haben für eine gerechte Sache ...

Plötzlich hält er inne. Neben ihm steht, im Halbschatten, ein Zistrosenstrauch in voller Blüte. Seine zartrosa Blütenblätter sehen zerbrechlich aus; sie sind von Natur aus zerknittert wie ein Stück Seide, das nach der Wäsche nicht geglättet wurde.

Die Pflanze mit ihrem unfreiwillig zerdrückten Aussehen erinnert ihn an seine eigene Unzulänglichkeit. Auch denkt er an seinen Vater der, nach einer weiteren kinderlosen Ehe mit der jungen Francesca zum zweiten Mal verwitwet, nun in dritter Ehe mit Margherita verheiratet ist. Die lehnt den unehelichen Erstgeborenen ab und erbringt überdies nun endlich den ersehnten Beweis für Ser Pieros physisches Vermögen, auch einen legitimen männlichen Erben zu zeugen.

In Leonardos Kopf geht ein Disput zwischen den zwei Seelen, die in ihm wohnen, hin und her.

‚Es ist schon so: Das Gleiche ist noch lange nicht das Selbe', sagt das an sich zweifelnde Ich des Künstlers.

‚Wie meinst du das?' will sein anderes, selbstbewussteres Ego wissen.

‚Ich bin nur bis zur Mittelstufe zur Schule gegangen, ich habe so gut wie kein Latein gelernt und muss mir nun mühsam aneignen was ich brauche, um auch die alten lateinischen Schriften zu lesen.'

‚Du würdest doch nicht ernsthaft eine höhere Bildung mit anschließender Beamtenlaufbahn anstreben? Du wärest doch da an einem völlig falschen Platz und fühltest dich unglücklich.'

‚Das stimmt', gibt das kleine Ego zu. ‚Ich wäre nicht zu all meinem praktischen Wissen gekommen ohne die Freiheit, die ich genießen durfte. Der Rest war Glück, Interesse und eine schnelle Auffassungsgabe.'

‚Sehr richtig!' ruft das große Ego aus. ‚Du hast dich für nichts zu schämen. Denk´ nur an all die Bücher, die du um dich versammelt und studiert, an all das Wissen, das du dadurch erworben hast.'

‚Aber es gilt nicht viel in dieser Welt, in der ein Titel mehr wiegt als das, was hinter der oft nur durch Geburt so betitelten Stirn vorgeht.'

‚Das ist auch wahr!' gibt das große Ego zu.

‚Na wenigstens lässt du auch meine Meinung gelten.'

‚Schon. Dennoch würden weder du noch ich all das Wissen, das uns offen steht, all die Erkenntnis, die uns noch erwartet, gegen eine gesellschaftlich anerkannte Position und einen erworbenen Titel, ohne eine damit verbundene Befriedigung des Geistes, eintauschen. Darin können wir uns doch einig sein.'

‚Das können wir!' Das kleine Ich ist spürbar gewachsen.

‚Dann lass es uns doch so annehmen: Das Gleiche ist eben nicht das Selbe. Was schadet es?'

‚Ja, was schadet es eigentlich', denkt Leonardo. *‚Die Zistrose ist trotz ihrer unzulänglich wirkenden Erscheinung dennoch immer die schöne, zarte Zistrose. Sie steht im Halbschatten, damit steht sie sowohl im Dunkeln als auch im Licht. Gott und die Natur in ihrer unendlichen Weisheit haben es genau so vorgesehen für diese geheimnisvolle Pflanze. Und vielleicht hat Gott es auch für mich so vorgesehen. Dann soll es wohl so und nicht anders sein ...'*

Mittlerweile ist er an einem Olivenhain angelangt, den sein Besitzer offensichtlich im letzten Herbst stark ausgeholzt hat, wohl um Brennmaterial für die kalten Wintermonate zu gewinnen. Noch sehen die Bäume recht nackt aus, aber um die Schnittstellen sprießt bereits üppig frisches Grün. *‚Wie seltsam'*, denkt Leonardo, *‚im Allgemeinen wird angenommen, dass die Olive ein langsam wachsender Baum ist. Aber versucht man ihn zu beschneiden, dann reagiert er nur mit mehr und sehr schnellem neuen Wachstum, um das, was ihm genommen wurde, wettzumachen. Und dann wächst er weiter; wenn man ihn lässt, viele Hunderte oder gar Tausende Jahre, und ist bis ins hohe Alter willig, dem Menschen, der ihn verstümmelt hat, weiterhin sein Öl zu geben ...'*

Dieser Gedanke erfüllt den Künstler mit einer wohltuenden Ruhe und Gewissheit. Überhaupt fühlt sich Leonardo nicht nur den Tieren, sondern der gesamten Natur verbunden. Er billigt sogar den Steinen, der Luft, dem Wasser eine Seele zu; auf jedem Fall aber eine jedem und allem innewohnende Sinnhaftigkeit.

So wie die Vögel, so genießen auch Bäume bei Leonardo einen speziellen Platz in seinem Herzen. Und die alten Olivenbäume erzeugen in ihm eine besondere Ehrfurcht, denn, so ist er sich gewiss: ‚*Die Ölbäume leben so viel länger als wir, und sie wissen auch viel mehr als wir Menschen. Abends greifen ihre unverwüstlichen Äste noch in die Sonne, während wir unter ihnen schon wieder im Schatten stehen ...*‘

Die Natur genügt sich selber, das hat Leonardo erkannt. Er weiß, und notiert das auch: ‚*Die Erde ist nicht im Zentrum der Umlaufbahn der Sonne, und auch nicht im Zentrum des Universums.*‘ Er meint das wissenschaftlich, aber eben durchaus auch philosophisch. Ihm ist klar: Die Sonne strahlt den nächtlichen Mond nicht der Menschen wegen an.

Als er schließlich nach Florenz zurückkehrt, hat sich Leonardo von seinem Lehrmeister Verrocchio gelöst, was auch diesem entgegenkommt, denn mit dem so hoch begabten, aber sprunghaften und unzuverlässig arbeitenden ehemaligen Schüler war es zum Schluss immer schwerer, an terminlich gebundenen Aufträgen zu arbeiten. Da stellt er lieber jemanden ein, auf den er sich in dieser Hinsicht verlassen kann.

Im Januar des Jahres 1478 hat der ehemalige Verrocchio-Schüler endlich ein eigenes Atelier – und den Auftrag für ein Altarwerk in der Signoria im Palazzo Vecchio. Und es tut tatsächlich Not, denn es gibt zwei Dinge, die Leonardo wirklich braucht: öffentliche Bekanntheit und Geld. Denn meisterlich malen zu können übersetzt sich nicht zwangsweise in einen prall gefüllten Geldbeutel. Im Moment sind Andere im öffentlichen Ansehen der Stadt weitaus erfolgreicher.

Das Gleiche ist eben nicht das Selbe.

Marguerite war in ihrem Stuhl neben dem jetzt wieder ruhig liegenden Leonardo eingeschlummert. Im Haus war es ebenfalls ganz still. Francesco saß noch immer am Küchentisch und war, nach dem Essen und dem Wein, mit dem Kopf auf der Tischplatte, in einem tiefen traumlosen Schlaf gefangen. Einzig der alte Mann in seinem Bett wanderte zurück in seinem Leben als junger Maler durch die pulsierende Stadt Florenz, in der er eben begann, sich und seine Werkstatt einzurichten.

Wie gesagt: Aufträge aus privaten Häusern sichern noch keine weitreichende Bekanntheit als Künstler, und schon gar nicht den Aufstieg in die erste Reihe derjenigen Maler und Bildhauer, die von den Herrschenden bevorzugt werden. Allerdings kann man nicht sagen, dass Leonardo in Florenz nicht bekannt sei. Im Gegenteil, er fällt sogar ziemlich auf mit seiner Erscheinung und der Art, wie er sich kleidet.

Leonardo ist ein gutaussehender junger Mann mit schlankem und dennoch muskulösem Körperbau, der bekannt ist für seine physische Kraft. Ohne große sichtbare Mühe kann er Hufeisen verbiegen und große Gewichte stemmen. Dem entgegen ist sein Aussehen stets außergewöhnlich elegant, zunächst schon einmal wegen der langen, feinen, gewellten Haare und dem blonden Bart. Er geht mit seiner Haartracht nicht nach der gängigen Mode, auch nicht mit den von ihm bevorzugten Tuniken und Hosen, die aus edlen und farbenfrohen Stoffen gefertigt sind. Auch liebt er es, sich mit Lavendel zu parfümieren.

Weiterhin gefällt es ihm nach wie vor, auf den Markt zu gehen, und noch immer kauft er, so oft es geht, dort die in kleinen Käfigen angebotenen Singvögel, um ihnen die Freiheit zurückzugeben. Überhaupt ist er ein Tierfreund: Nicht nur isst er seit seinen Jugendjahren nichts, was vom Tier stammt; der elegant gekleidete Mann ist sich auch nicht zu schade, sich niederzubücken, um einen Käfer oder einen Wurm aufzuheben und zur Seite zu setzen, damit dieser nicht von Passanten zertreten werde.

Er tut auch etwas für seine weitere Ausbildung, denn ihm fehlen immer noch bestimmte künstlerische Kenntnisse. Mit achtundzwanzig Jahren studiert Leonardo die Bildhauerei im Giardino di San Marco. Diese Akademie steht unter dem Patronat von Lorenzo de´ Medici, genannt ‚Il Magnifico‘, und wird schnell berühmt als die erste Kunstakademie auf dem Kontinent.

Später wird Leonardo, auch in Betrachtung der Arbeiten anderer Bildhauer, schreiben:

‚Ich habe mich nicht weniger in Skulptur geübt als im Malen und habe beides bis zur selben Perfektion getan. Ich kann, ohne Missgunst, entscheiden, welche der beiden den größeren Wert, größere Perfektion und Schwierigkeiten mit sich bringen. Zuerst benötigt die Bildhauerei ein bestimmtes Licht von oben, die Malerei bringt mit sich überall hin ihr eigenes Licht und ihre Schatten. So bezieht die Skulptur ihre Wichtigkeit aus Licht und Schatten, die von der Natur gespendet werden und die somit den Bildhauer darin unterstützt; während der Maler seine Effekte dorthin platziert, wo die Natur sie ohnehin aus der Notwendigkeit heraus erschafft ... Der Bildhauer kann auch keine Perspektive erzeugen, der Maler hingegen kann den Eindruck erwecken, hundert Meilen von seinem Objekt entfernt zu sein ... Der Bildhauer hat keine luftige Perspektive, er kann keine transparenten oder leuchtenden Körper darstellen, keine Lichtreflektionen; keinen Schimmer oder Schein von polierten Oberflächen, Spiegel, Dunst, Nebel; auch keinen dunklen

Himmel oder all die anderen Dinge des Gemüts ... Und es ist auch nicht gegeben, dass die Skulptur ein Bild zwingend überdauert ...'

Also will er alles lernen und ausprobieren, aber es ist wohl klar, welcher Kunst Leonardo eindeutig den Vorzug gibt.

Auch wenn über dem jungen Meister noch immer ständig das Damoklesschwert einer möglichen Inhaftierung wegen unzüchtigen öffentlichen Verhaltens zu schweben scheint, den Umgang mit gutaussehenden jungen Männern will er sich auch nicht verbieten lassen, und so umgibt er sich im Freundeskreis mit eben jenen. Einen seiner Freunde, Fiovarante di Domenico, beschreibt er in seinem Tagebuch sogar als ,amantissimo' – Liebsten.

Eine neue Bekanntschaft schließt Leonardo allerdings mit jemandem, mit dem ihn ganz andere Dinge verbinden: Tommaso di Giovanni Masini, genannt Zoroastro. Obgleich ganze zehn Jahre jünger als Leonardo, ist der junge Mann bereits eine schillernde Persönlichkeit. Und wie mit dem von ihm selbst angenommenen Namen hat er sich gleich mit einer ganzen geheimnisvollen Aura umgeben. Der Sohn eines Gemüsegärtners aus Peretola, der überall herumerzählt, dass er eigentlich das illegitime Kind einer hochgestellten Persönlichkeit sei, beschäftigt sich mit Geisterbeschwörungen, Zauberei und Alchemie – also mit Dingen, die Leonardo eigentlich verachtet und in seinen Aufzeichnungen auch regelmäßig verspottet. Der Künstler hasst Esoterik und Aberglaube. Allerdings ist er gegenüber dem Zauber der Natur stets offen. Seinem neuen Verbündeten erklärt er: „Ich stehe auf dem Boden des Realen. Und doch sehe ich auch immer die Magie in allen Dingen. Es ist die Magie dessen, was ist, sich uns aber niemals ganz zeigt." Und in einem sind die beiden sich einig: Wo die Mathematik keine Anwendung finden kann, da bleibt jede Wissenschaft vage. In der Mechanik aber findet die

Mathematik ihr Paradies, denn hier kann sie praktische Früchte tragen. Und was wäre jede Wissenschaft ohne praktische Anwendung?

Astro, wie er ihn nennen wird, ist eben auch ein begnadeter Ingenieur, Schmied und Mechaniker; er kennt sich mit Metallen und in der Chemie aus und liebt alle Arten von Experimenten. Auch malt er. Und wie Leonardo verabscheut Zoroastro das Essen von Tieren und ist, was noch wichtiger ist, besessen von der Idee des Fliegens. Da kommen zwei zusammen, die sich gesucht haben, die eine unersättliche Neugier auf alles teilen. Es stimmt schon: Genies werden geboren, nicht gemacht.

Aber ein Genie kann sich auch leicht verzetteln, wenn es getrieben ist von so vielen Ideen. Das macht sich bei Leonardo in seinen ohnehin spärlichen Aufträgen für Bilder bemerkbar. Viele erleiden das Schicksal, erst gar nicht über erste Skizzen hinauszukommen. So ergeht es ihm auch mit seinem neuesten Gemälde, das er für die Mönche des Augustinerklosters San Donato a Scopeto ausführen soll: eine Anbetung.

Natürlich steht die junge Mutter Maria mit dem Säugling Jesus im Vordergrund, der von den drei Königen aus dem Morgenland bewundert und beschenkt wird. Aber Leonardo will in diesem Bild die ganze Welt darstellen, jede Menge Menschen unterschiedlichen Alters; daneben Landschaften und sogar exotische Tiere ... Immer wieder ändert und ergänzt er, zeichnet neue Figuren, weiß am Ende gar nicht mehr, welche dieser Darstellungen er verwerfen und welche er beibehalten soll.

Es ist auch nicht gerade hilfreich, dass die Mönche ihm, sozusagen als Zahlungsvorschuss, Teile einer Liegenschafts-Erbschaft überschrieben haben. Für diese muss er aber die damit verbundenen Kosten begleichen, ungeachtet der Tatsache, dass er das Land nicht verkaufen kann, bevor das Bild fertiggestellt ist. Und auch die nötigen Materialien und Farben muss er selber kaufen. Hätte er sich doch nur vor Abschluss dieses Vertrags, der ihm die Luft zum Leben nimmt, mit dem Vater beraten. Letztendlich interveniert Ser Piero dann doch noch, sodass die Mönche Leonardo wenigstens das Geld für die Farben vorstrecken. Aber Ende September des Jahres 1481 kommt die letzte ‚Zahlung' aus San Donato in Form einer Weinlieferung; die Mönche ahnen schon: Mit ihrem Bild wird es wohl nichts werden. Die Anbetung wird nie vollendet; der Auftrag geht an einen anderen Künstler.

Noch weiß Leonardo es nicht, aber das gleiche Schicksal der Unvollendung wird auch ein weiteres seiner Werke ereilen, an dessen Entwurf er seit etwa einem Jahr arbeitet. Es handelt sich um die Darstellung des Heiligen Hieronymus in der Wüste; eines alten Mannes, alleine in der Wildnis, einzig in Gegenwart eines Löwen.

Wenigstens die Ginevra ist fertig geworden, und ebenfalls entstanden zwei Madonnenbilder, beides Darstellungen einer sehr jungen Mutter. Auf beiden Bildern wird die Jungfrau im Spiel mit ihrem erstgeborenen Sohn gezeigt, und bei beiden Darstellungen spielen Blumen eine Rolle.

Aber von so wenigen fertiggestellten Arbeiten kann man auf Dauer nicht leben, und die Misere um die Anbetung der Könige macht es nicht besser. Zunehmend erscheinen ihm die Umstände seines gerade erst beginnenden Florentiner Künstlerlebens so bedrückend, problematisch und geradezu existenzgefährdend, dass er notiert: ‚Während ich dachte, leben zu lernen, lernte ich das Sterben'.

Die Enge und der Klüngel im Milieu von Florenz sind das eine. Die Tatsache, dass Leonardo auch nicht zu den vier Künstlern gehört, die zur Besiegelung des Friedens zwischen den ehedem verfeindeten Städten Florenz und Rom nun die Wände der Sixtinischen Kapelle bemalen sollen, ist das andere und bringt das Fass des Überdrusses zum Überlaufen. So entsteht bei dem Künstler der Gedanke, sich von Florenz ab- und neuen Aufgaben zuzuwenden. Und so setzt er sich hin und schreibt einen Brief.

‚Mein höchst erlauchter Herr, ...‘

Kann man den mächtigsten Mann aus der Mailänder Herrscherfamilie, Ludovico Sforza, so anreden? Sicherlich, man kann – man muss.

‚Nachdem ich nun die Errungenschaften all derer, die sich selbst als Meister und Kunsthandwerker von Kriegs- instrumenten betrachten, hinreichend gesehen und berücksichtigt habe, und dabei festgestellt habe, dass die Erfindung und Leistung dieser Instrumente in keiner Weise von denen im allgemeinen Gebrauch abweichen, werde ich mich bemühen, ... Ihnen meine Geheimnisse zu enthüllen und sie Ihnen anschließend vollständig zur Verfügung zu stellen ...‘

Schon seit einiger Zeit hat Leonardo diverse Zeichnungen angefertigt, die Kriegsmaschinerie und völlig neue, bislang unbekannte Verteidigungssysteme zeigen. Er hat, auch mit Hilfe Zoroastros, verschiedene Mechaniken ausgeklügelt und Fortbewegungsarten entwickelt, die es so noch nicht gab. Außerdem befasst er sich damit, wie man topografische Gegebenheiten in verschiedenen Landschaften zu seinem Vorteil nutzen kann.

‚Ich habe Pläne für sehr leichte, starke und leicht tragbare Brücken, mit denen man sowohl den Feind verfolgen als auch, bei Notwendigkeit, vor ihm fliehen kann ...‘

Auf seine Brücken, die nach den Naturgesetzen ganz einfach und ohne größere Hilfsmittel aufgebaut und bei Bedarf einfach abgebaut und mitgenommen werden können, ist Leonardo besonders stolz.

‚Ich habe auch Arten von Kanonen, die am bequemsten und am leichtesten zu transportieren sind und mit denen ich kleine Steine fast wie ein Hagelsturm schleudern kann. Der Rauch der Kanone wird dem Feind wegen des schweren Schadens und der Verwirrung große Angst einflößen.‘

Leonardo stellt sich bewusst als erfahrener Erfinder militärischer Maschinen dar, denn er weiß: Ludovico Sforza ist ein Mann des Militärs. Geschickt verwendet Leonardo Stichwörter, die den Mann einfach anbeißen lassen müssen.

‚Außerdem werde ich gedeckte Fahrzeuge sicher und unangreifbar machen …‘

Er geht bewusst nicht auf vergangene erfolgreiche künstlerische Arbeiten ein – nicht dass er viele solcher vorzuweisen hätte – sondern stellt dar, was er in Zukunft für den Obersten Kriegsherrn Mailands zu tun beabsichtigt. Der Herrscher soll aufhorchen, und das wird er; vor allem, da es sich um Erfindungen handelt, die alles bisher Dagewesene in den Schatten zu stellen vermögen. Dass es sich dabei um Dinge handelt, die es erst in Leonardos Kopf oder höchstens auf dem Papier gibt, verschweigt er. Dass noch keine der Maschinen wirklich erprobt worden ist, erst recht.

‚… sollte es nötig sein, werde ich Kanonen, Mörser und leichte Kampfmittel von sehr schönem und funktionalem Aussehen herstellen, die ziemlich ungewöhnlich sind.‘

Hier wird er beinahe schwärmerisch. Man könnte fast meinen, er preise einen Entwurf für herrliche Vasen oder für Tischgeschirr an. Ist es denn denkbar, dass ein Mann solche Worte schreibt, der andererseits glaubt, dass es eine Zeit geben wird, wo ein Verbrechen an einem Tier genauso bestraft werden wird wie ein Verbrechen an einem Menschen? Aber er denkt ja auch, dass der Mensch der König aller Tiere sei, denn er übertrifft diese an Grausamkeit. Nichts anderes als diese Grausamkeit und das Streben nach Macht gilt es hier zu befriedigen. Und er will Sforza diese Befriedigung verschaffen, indem er Krieg mit Schönheit paart.

‚... sollte es zu einer Seeschlacht kommen, habe ich Beispiele für viele Instrumente, die sich entweder für Angriff oder Verteidigung eignen, und für Fahrzeuge, die dem Feuer aller schwersten Kanonen, Pulver und Rauch widerstehen.'

Leonardo hat wahrlich an alles gedacht: an Kriege zu Land und zu Wasser, an Angriff und Verteidigung, an Abschreckung und sogar an die Schönheit des Kriegsobjekts. – Man muss aber auch damit rechnen, dass es gar nicht zum Krieg kommt, und auch für diesen Fall sollte man sich als universell einsetzbar und äußerst dienstbar präsentieren.

‚In Friedenszeiten glaube ich, dass ich auf dem Gebiet der Architektur, des Baus öffentlicher und privater Gebäude und des Wasserleitens von einem Ort zum anderen zu Eurer Zufriedenheit werde wirken können. Ich kann auch Skulpturen in Marmor, Bronze und Ton ausführen. Ebenso kann ich in der Malerei alles Mögliche tun, so gut es geht.'

Hier klingt er fast bescheiden. *So gut es geht ...!* Aber einen Köder hat er noch im Ärmel, an dem der Fürst anbeißen soll ...

‚Darüber hinaus könnte an dem Bronzepferd gearbeitet werden, das zum unsterblichen Ruhm und zur ewigen Ehre der glückverheißenden Erinnerung an Seine Lordschaft, Euren Vater, und an das berühmte Haus von Sforza gereichen wird.'

Er hat seine Hausarbeiten gemacht. Natürlich weiß er um ein persönliches Anliegen des Herrschers, nämlich seinem

Vater und damit dem Namen seiner Familie ein Denkmal zu setzen. Und was könnte da besser geeignet sein als ein riesiges Reiterstandbild?

‚Und wenn eines der oben genannten Dinge für irgendjemanden unmöglich oder undurchführbar erscheint, bin ich am ehesten bereit, es in Ihrem Park oder an einem beliebigen Ort zu demonstrieren, um Ihrer Exzellenz zu gefallen, der ich mich mit aller möglichen Demut empfehle.'

Mit anderen Worten: Lasst mich nur vorsprechen, edler Herr, und Ihr werdet sehen, dass das alles in Wirklichkeit und bei Euch zuhause noch viel besser sein wird, als es sich hier in diesem Brief liest. Lasst es mich Euch vorführen und seht mit eigenen Augen, wie wertvoll all mein Wissen und Können für Euch, Herrscher, sein werden; Krieg oder Frieden, Blut oder Schönheit – egal!

Mit diesem Schreiben will sich der Dreißigjährige in Mailand empfehlen.

Zu seinem unmittelbaren Umfeld gehört nun neben Zoroastro auch ein junger Musiker namens Atalante Migliorotti, der bei ihm tatsächlich nicht die Malerei, sondern die Musik studiert. Leonardo beherrscht meisterhaft das Spielen der Lyra und kann auch sehr schön singen, und zudem achtet er in außerordentlicher Weise die Musik als eine der erhabenen Künste. Einen derart musischen Jüngling um sich zu haben ist eine in jeder Hinsicht beflügelnde Angelegenheit.

Der beste Plan ist jener, den man geradlinig und ohne Zögern angeht. Und so verlässt Leonardo noch im selben Jahr, gemeinsam mit Zoroastro und Atalante sowie dem Bewerbungsbrief im Gepäck, seine Heimatstadt Florenz in Richtung Norden, um im schon zu dieser Zeit als Großstadt geltenden Mailand eine neue Bleibe und einen neuen Dienstherrn zu finden.

„Was bilden sich diese Mönche ein?" ärgert sich Leonardo. „Sie wollen einem Maler vorschreiben, wie er sein Bild zu malen hat und welche Farben er verwenden soll."

Sein Zuhörer ist Ambrogio de Predis. Er gehört, wie seine Brüder und Halbbrüder, einer bekannten lombardischen Künstlerfamilie an, und Leonardo genießt deren Gastfreundschaft. Denn er ist eingeladen, in Ambrogios Haus in der Nähe der Porta Ticinese zu wohnen, und natürlich haben die Brüder am allermeisten davon, von einem Meister wie Leonardo zu lernen.

„Es wird nicht alles so heiß gegessen, wie es im Kessel gesiedet wurde", wendet Ambrogio nun ein, um Leonardo zu besänftigen. Er und sein älterer Halbbruder Evangelista sind Teil dieses Auftrags für ein Altarbild, der von den Franziskanern kommt. Die beiden sollen die Seitenteile malen; Leonardo ist für den Mittelteil mit der Darstellung der Jungfrau Maria verantwortlich.

Die Bruderschaft der Unbefleckten Empfängnis der Mailänder Franziskanerkirche San Francesco Grande ist, wie der Name ja schon sagt, ganz der Idee von der unbefleckten Empfängnis und der Jungfrauengeburt verpflichtet. Wie sollte man sich auch die Muttergottes in stundenlangen Geburtswehen vorstellen? Dementsprechend soll Maria als die reinste Jungfrau dargestellt werden und natürlich auch mit einer männlichen Entourage, denn die Kirche ist ja doch eine männliche. Also müssen Propheten her und selbstverständlich der oberste beteiligte Mann, Gott selber. Um die Unschuld Mariens auszudrücken, legen die Mönche vertraglich fest, in welchen Farben sie gemalt zu werden hat – vor allem in viel Blau, das aus kostbarem Lapislazuli gewonnen werden muss –

und sie schreiben zudem den Künstlern die Verwendung großer Mengen von Vergoldung vor. Der größte Witz an der Sache aber ist, dass sie nicht etwa die Kosten für die teuren Farben vorstrecken, sondern sie verpflichten Leonardo und die de Predis-Brüder, das Gold für die verordnete überbordende Gestaltung bei ihnen selber zu erwerben, da sie offenbar über viel von diesem Material verfügen.

Natürlich ärgert Leonardo dieser erneute Knebelvertrag, der ihn an das Erlebte um die ‚Anbetung' in Florenz erinnert. Mehr noch aber wurmen ihn die darin gemachten künstlerischen Vorschriften.

„Soll ich ihnen denn statt eines Altargemäldes eine goldbeschlagene Ikone anfertigen?"

Er will sich nicht hineinreden lassen in seine Kunst, die er gelernt und verinnerlicht hat. Wozu ist er denn Meister? Schließlich ist er derjenige, der das gewünschte Motiv in ein Bild umsetzen, die Farben festlegen und die ersten Entwürfe machen sollte. Mehr noch: Leonardo will malen, was er fühlt. Er will nicht an die noch vor seinen ersten Ideen vom Auftraggeber zwingend verordneten Vorgaben gebunden sein, mag keinen auf die Größe eines Kleinkinds geschrumpften Jesus mit den Proportionen eines Erwachsenen malen und auch keine überirdisch überhöhte Jungfrau. Auch will er sie nicht mit vorgeschriebenem Personal umrahmen müssen, sondern als Hauptperson sehen; als Person schlechthin, nicht als Vehikel männlicher Religionsvorstellung.

Während sich die Gelehrten und die Kleriker noch streiten, wie man die von jeglicher Sünde – auch von der biblischen Erbsünde – freie „Unbeflecktheit" Mariens erklären und ob man diese zur Kirchenlehre erheben solle, setzt sich Leonardo über fast alle Wünsche seiner Auftraggeber hinweg und platziert seine Maria mitten in eine bedrohlich scheinende Berghöhle. Keine Staffage aus Propheten, kein Himmlischer

Vater – nur die junge Mutter mit ihrem Jesuskind und dem ebenfalls kleinkindgerecht dargestellten Täufer Johannes als Spielkameraden. Und mit einem eher weiblich, zumindest aber sehr androgyn lächelnden Engel. In diesem Sehnsuchtsort Leonardos, in der freien, oft auch furchteinflößenden Natur, ist sie wie eine Königin – nicht durch Titel oder eine gestellte Pose, sondern durch ihr bloßes Sein. Unter Felsen, die herabzustürzen drohen, und zugleich über dem dunklen Abgrund, verströmt sie eine innere Sicherheit. Sie ist jung und hat doch schon ein Wissen von etwas, das die frommen Brüder nicht einmal zu ahnen wagen. Sie weiß um Himmel und Erde, um die Freude und das Glück ihrer Mutterschaft. Und sie ahnt auch schon das Unglück, das ihrem Sohn geschehen wird. Jedoch: Die Unabänderlichkeit dieses Schicksals lässt sie seltsamerweise ganz ruhig sein und bestimmt. Sie benötigt keine Männer; noch kann sie ihr Kind und seinen kleinen Freund beschützen. Mit einem wissenden Lächeln bändigt sie die Landschaft und lässt sogar an unwahrscheinlichen Stellen Blumen sprießen. Sie würde auch in einer Löwengrube bestehen. Denn sie ist aus sich heraus göttlich und symbolisiert das göttliche Wesen der Natur. An ihrer Seite hat sie einen Engel, und natürlich hat sie Leonardo auf ihrer Seite. Mehr braucht sie nicht.

Wie war das doch noch? Leonardo kam in seinem Traum – Ist es überhaupt einer? Oder ist es die Realität? – plötzlich nicht weiter. Er war in einer Denkspirale gefangen. Er konnte sich nicht erinnern. Hatte er dem Mailänder Herrscher den Brief übermitteln lassen? Gewiss, er hatte ihn geschrieben und mit sich in die lombardische Hauptstadt genommen, als er aus Florenz übersiedelte. Aber dann? Immer wieder stellte er sich jetzt, in seiner Traumwelt, diese Frage, ohne eine Antwort zu erhalten. Nur an eines erinnerte er sich:

Ludovico war auf ihn aufmerksam geworden, aber das hatte er wohl alleine der Madonna zu verdanken. Die Kunde von dieser ungewöhnlichen Darstellung der Gottesmutter war der Aufstellung des Altarbildes geradezu vorausgeeilt. Und natürlich hörte Ludovico davon. Daraufhin hatte er Leonardo zu sich bestellt. Aber ... wie genau war dass denn noch gewesen?

Ludovico Sforza, der wegen seiner kräftigen, beinahe bulligen Statur und der dunklen Erscheinung in Haut und Haar ‚Il Moro' genannt wird, ist zwar selbst nicht schön, aber er erkennt Schönheit, wenn er sie sieht. Und was er sieht und als schön befindet, damit muss er sich umgeben. Das betrifft die Kunst wie die Frauen.

Er ist der Herzog – naja, noch nicht ganz, aber er wird es schon, auch wenn noch sein sehr junger Neffe Gian Galeazzo eigentlich den Titel führt, aber das lässt sich regeln. Also: Er agiert als der Herrscher von Mailand, und als solcher verfolgt er Interessen. Auch wenn der gerade wieder vom Zaun gebrochene Krieg mit Venedig eigentlich den Bedarf an einem Strategen und Konstrukteur von Kriegsgerät nahelegt – es ist der Künstler, der Ludovico interessiert. Verkehrte Welt!

Der Grund ist das Bildnis der Madonna. Ludovico hat davon gehört, dann hat er es gesehen – und nun muss er es haben. Dass es für einen anderen Auftraggeber als für ihn selber angefertigt worden ist, stellt eine Schwierigkeit dar, die sich aber überwinden lassen sollte. Er ist der Herrscher.

Und so bestellt er den Künstler in das Familienschloss, das Castello Sforzesco.

„Euer Ruf, Leonardo, ist Euch aus Florenz vorausgeeilt, und ich muss sagen, Euer neuestes Werk hat ihn noch übertroffen."

„Ehrwürdiger Herrscher, ich bin glücklich darüber, dass Euch meine Kunst gefällt, und ich biete Euch untertänigst alle in meiner Macht stehenden Dienste an." Leonardo, der dies sagt, geht neben Ludovico Sforza durch den Garten des Familiensitzes.

Der Herrscher schaut ihn kurz von der Seite her an, bevor er fortfährt. „Nun, lasst uns bei diesem Bild von der Madonna da oben ... in der Berghöhle ... bleiben. Es gefällt mir sehr, und ich wäre glücklich, es in meiner Sammlung zu haben."

„Ihr wisst aber wohl, dass es sich um eine Arbeit für die Bruderschaft der Franziskaner handelt, ehrwür..."

„Ja, natürlich!" schneidet Ludovico Leonardo das Wort ab. „Und das ist bedauerlich – aus meiner Position heraus. Aber wissen sollt Ihr, dass – sobald sich eine Möglichkeit ergibt – ich dieses Bild haben muss." Einen Moment lang sinnt der Herrscher von Mailand seinem Gedanken nach. Dann wird seine eben noch fest und fordernd gewesene Stimme wieder freundlich. „Und nun, mein lieber Leonardo, lasst mich wissen, was alles Ihr *noch* für mich tun könnt ..."

Leonardo, dem die Betonung des Wortes ‚noch' nicht entgangen ist, zeigt sich auf diese Frage vorbereitet, und er erläutert dem Herrscher Mailands seine Künste in Kriegsmaschinerie, Taktik und Landschaftsgestaltung. Natürlich erwähnt er das bronzene Denkmal für den Vater seines neuen Gönners, und ganz am Rande vermag er auch noch seine Fähigkeiten zur Ausstattung rauschender Feste und Hochzeiten, zu Musik- und anderen Aufführungen, Dekorationen, großen lebenden Bilderrätseln und allen möglichen anderen Zerstreuungen einzuflechten.

Ludovico scheint sehr zufrieden mit dem, was er hört, aber wirklich beseelt ist er von der frischen und unerhörten organisatorischen und künstlerischen Meisterschaft seines neuen Hofmalers, die ihm und seinem Hofe nur zum Ruhme gereichen kann.

Es gibt aber nun eben Dinge, die sich nicht auf Befehl oder Wunsch hin ändern lassen. Weder für einen Fürsten ... noch für einen Künstler. Zum Teufel mit aller Kriegskunst! Leonardo hatte sich als Erfinder genialer Waffen und Verteidigungssysteme bewerben wollen; jetzt ist er doch als Maler und als Zeremonienmeister angestellt. Egal, er ist am Mailänder Hof nun einer der wichtigsten Männer. Er wird Feiern ausrichten, Dekorationen entwerfen und für die allgemeine Unterhaltung sorgen. Im Grunde genommen ist das ein Glück, denn es gibt ihm, der so viele Ideen im Kopf hat, die Zeit und die Freiheit, diesen auch nachzugehen.

Und in einer Angelegenheit kann er dann doch noch so etwas wie ein Verteidigungssystem erdenken und nie dagewesene Neuerungen wenigstens vorschlagen: Als 1485 in Mailand die Pest grassiert, entwickelt er einen Plan, die Stadt auf zwei Ebenen zu stellen, sie gesünder zu machen, die Luft zu verbessern, das Abwasser und den Unrat schneller aus der Stadt herauszubringen. Es werden aber nur Pläne bleiben.

Indessen, Leonardo fühlt sich seinem neuen Dienstherrn und Gönner verpflichtet. Er will ihn vollends zufriedenstellen. Und so entsteht über die kommenden Jahre hin ein Plan, eine kleine Intrige sozusagen, die er gemeinsam mit Ambrogio verfolgt und die am Ende den Herzenswunsch seines Dienstherrn erfüllen, die Madonna mit Il Moro zusammenführen soll.

Was heißt Intrige – es ist eigentlich nur das geschickte Ausnutzen eines ärgerlichen Vertragsbruchs: Die von den Franziskanerbrüdern geschworene Armut erweist sich bei näherer Betrachtung als Geiz. Die so zelebrierte Mittellosigkeit wird, so scheint es, an die Künstler da Vinci und de Predis, die ja eigentlich recht schnell das bestellte Werk vollendet haben, durchgereicht. Nur spärlich fließt das vereinbarte Geld.

Nach einer ersten Zahlung von 100 Lire kleckern für die nächsten zwanzig Monate Beträge von jeweils 40 Lire in den Künstlerhaushalt. Noch vor dem ihnen nach endgültiger Fertigstellung und Auslieferung an die Bruderschaft zustehenden abschließenden Betrag versiegt das dünne Rinnsal dann ganz. Eigentlich haben die Franziskaner nur den von Leonardo gemalten Mittelteil bezahlt, nicht aber das gesamte dreiteilige Altarbild. Das geht gegen die Vereinbarung. Als die frommen Brüder die drei Künstler mit einer endgültigen letzten Zahlung von nur 100 Lire abspeisen wollen, schalten diese den amtierenden Herrscher Ludovico als Schlichter ein. Das Kunstwerk soll von einem Meister des Fachs bewertet und, sollte keine weitere Zahlung erfolgen, aus der Kirche entfernt und anderen Interessenten offeriert werden. Wer dieser andere Interessent ist, das ist ja wohl klar. Der ‚dunkle' Fuchs lauert schon.

Den anderen Füchsen, denen von San Francesco Grande, hängen am Ende die Trauben zu hoch; sie lassen dem Herrscher das Madonnenbild. Aber auch sie profitieren letztendlich davon: Ein zweites Gemälde wird bestellt. Dann müssen sie eben nur etwas länger warten. Leonardo und den Brüdern de Predis scheint das eine gerechte Strafe für die Franziskaner zu sein, entspricht das ständige Hinausschieben der Fertigstellung doch nur der Zahlungsmoral der Auftraggeber. Und die können jetzt wenigstens darauf hoffen, dass in der neuen Version doch noch einige ihrer Darstellungswünsche – Mehr Heiligkeit! Mehr Blau! Mehr Gold! – berücksichtigt werden. Gegen neuerliche Bezahlung, versteht sich.

Leonardo findet, dass kein böses Blut zwischen den Parteien bleibt, und sieht seine Devise bestätigt, die er auch seinen Schülern nach einer Meinungsverschiedenheit oder einem handfesten Streit immer wieder sagt: „Am Ende wird jedes frisch gepflügte Feld sich wieder setzen und einebnen, und man wird darüber gehen können." Doch diesmal hat er sich geirrt. Auch mit der zweiten Felsengrottenmadonna wird es – bis weit über Evangelista de Predis´ frühen Tod hinaus – Zahlungsverzögerungen und Streitigkeiten geben. Im Moment jedoch sind alle Dinge so eingerichtet, dass der neue Besitzer voraussichtlich sehr zufrieden mit seinem neuen Hofkünstler sein wird. Bis Ludovico die Madonna sein Eigen nennen kann, werden allerdings noch einige Jahre vergehen.

Mittlerweile hat Il Moro noch etwas anderes sehr Schönes, und das soll Leonardo nun malen: Die herzogliche Mätresse Cecilia Gallerani. Da hat Leonardo also wieder eine Dame zu porträtieren; eine schöne, kluge, erst 16 Jahre junge Frau. Dem Künstler fällt die *Bergtigerin* ein: die gebildete, umschwärmte Florentinerin Ginevra de´ Benci. Ihm ist, als habe er jetzt eine ihrer Schwestern vor seinem künstlerischen Auge. Und die muss etwas Besonderes sein, schon weil Ludovico ihretwegen sogar seine standesgemäße Verheiratung hinauszögert.

Leonardo weiß, es liegt in der Natur der Sache, dass die Beamtentochter Cecilia selber nie in diesen Stand wird aufsteigen können, und so will er dem Bild eine besondere Symbolik geben: Er will kein schönes Opfer porträtieren, sondern eine aufgeklärte Frau, die ihre Rolle kennt und selbstbewusst nutzt.

Bisher hat er Madonnen in Verbindung mit bedeutungs-stiftenden Blumen gemalt oder eine Frau vor einem ihrem Namen entsprechenden Wacholderbusch. Nun wird das Symbol kraftvoller, ausdrucksvoller: Ein Tier soll es sein. Und welches Tier könnte die Macht, die Cecilia in Form ihrer Beziehung zu Ludovico Sforza in den Händen hält, besser darstellen als ein Hermelin! Neben dem Adel, auf den es hinweist, ist das Tier Namens- und Wappentier des Hermelin-Ordens, eines Ritterordens, dem Ludovico die Ehre hat anzugehören.

In dieser Zeit, in der ja auch viele Allegorien gemalt werden, blüht die allgemeine Verwendung von Symbolen. Bilder dienen der Kommunikation, dem Austausch von Informationen und Meinungen. In gewisser Weise kann man in einem Bild lesen wie in einem Buch. Das ist besonders für jene wichtig, die nicht lesen können.

Tiere zu beobachten ist für Leonardo von großem Interesse. Neben den Vögeln gehört seine besondere Liebe den Katzen. Er studiert ihre verschiedenen Ausdrucksposen und macht viele Skizzen. Er sagt: ‚Die Katze ist das Meisterstück der Natur.'

Aber auch das als rein geltende weiße Hermelin fasziniert ihn. In den Palazzi kann man schon auch das eine oder andere Exemplar antreffen, das helfen soll, die Mäuseplage in Grenzen zu halten. Wenn dieses den Wieseln zugehörige Tier zuschlägt, dann hält es sich nicht, wie etwa die Katzen, damit auf, mit seiner Beute erst noch zu spielen, bevor es sie tötet. Das Hermelin, das die junge Frau in ihrem Schoß hält, ist also kein zahmes Haustier; es ist ein wildes, unbezähmbares kleines Raubtier. Für einen kurzen Moment, der hier gezeigt werden soll, kann sie es – kann sie ihn, Ludovico – halten. Aber zähmen lässt er sich nicht. Etwas später, noch während sie ein Kind von ihm erwartet, wird Il Moro heiraten – natürlich nicht sie. Noch später nimmt er sich andere Geliebte; noch eine weitere wird die Ehre haben, von Leonardo porträtiert zu werden.

Ambrogio bemerkt es wohl als erster; jedenfalls spricht er als einziger Leonardo darauf an. „Mir ist aufgefallen, Leonardo, dass du die Hand der Donna Cecilia unverhältnismäßig groß gemalt hast." Es muss verwundern, dass ausgerechnet dem Mann, der sich wie kein anderer mit der Anatomie des menschlichen Körpers beschäftigt, eine solche Nachlässigkeit unterlaufen sollte. Aber auch im Bildnis der Heiligen Jungfrau ist eine sehr große Hand Mariens zu sehen. Also, so schließt Ambrogio daraus, kann es kein Fehler gewesen sein.

Leonardo schaut den nur drei Jahre jüngeren Kollegen an. Er hat ein gutes Auge. „Und, was denkst du?" fragt er zurück. „Bei jedem anderen hätte ich eine Unachtsamkeit vermutet, aber bei dir muss es eine Bedeutung haben. Sie hält die Hand über das ebenfalls sehr groß geratene Tier, das sie in jedem Moment doch beißen könnte, wie zum Schutz, obwohl sie sich selber doch eigentlich schützen müsste", sinniert Ambrogio. Er macht eine kurze Pause, dann redet er, wie halb zu sich selber, weiter. „Auch die Jungfrau hat diese großen Hände, die sie wie ein Dach, wie einen Schutz einsetzt, obgleich sie damit kein Unheil wirklich abhalten könnte, wenn es denn käme."

„Deine Beobachtungsgabe ist gut", lacht Leonardo, um den Freund zu ermutigen. „Was könnte es bedeuten?"

Ambrogio wagt nicht, die Antwort, die ihm in den Sinn kommt, laut auszusprechen. Es kann nicht sein, dass Frauen so stark, so voller Macht dargestellt werden; auch die Jungfrau nicht.

Dieser Maler, sein Freund und Lehrmeister, hat ein ganz eigenes Selbstbewusstsein. Er scheint sich nicht um die Dogmen der Kirche, nicht um die Macht der weltlichen Fürsten zu scheren. Er hat eine ganz seltene Art des Sehens – und des Zeigens.

Irgendwann hat Leonardo dann auch eine eigene Werkstatt, in der Nähe des Doms, an der Piazza del Duomo. Er hat Platzbedarf, denn er arbeitet jetzt auch an dem schon in seinem Brief und später im Gespräch mit Ludovico in Aussicht gestellten Reiterstandbild für die Sforzas. Zu Leonardo und Zoroastro gesellen sich neben dem immer wieder mit ihm zusammenarbeitenden Ambrogio de Predis und einer frisch angestellten Köchin namens Maturina nach und nach neue Schüler. Und so hat er bald, wie es allgemein in Werkstätten üblich ist, einen eigenen Haushalt um sich geschart.

In der Methode eifert Leonardo seinem eigenen Lehrmeister Verrocchio nach. Auch er lässt seine Schüler zunächst kopieren, abzeichnen von alten Meistern wie auch von seinen eigenen Entwürfen, und er lässt, so oft es geht, seine Lehrlinge schon an Aufträgen mitarbeiten. Aus seiner eigenen Erfahrung weiß er, wie wichtig das für den Aufbau eines gesunden Selbstvertrauens ist. Sein Motto von nun an wird sein: ‚Das ist ein schlechter Schüler, der seinen Meister nicht übertrifft.' Und dabei denkt er mit Sicherheit nicht nur an seine eigenen Schüler, sondern er erinnert sich wohl an sich selber, der schon in so jungen Jahren seinen Lehrmeister überflügelt hat.

Er führt seine Werkstatt mit Humor, und er belegt die Vermittlung seiner Kenntnisse gerne mit der einen oder anderen lustigen Geschichte, um die Atmosphäre nicht durch seine Autorität zu prägen, sondern durch Lockerheit und Kameradschaft. So erzählt er den folgenden Scherz:

„Ein Maler wurde einmal gefragt: Wenn er solche wunderschönen Figuren zu erschaffen vermag, die doch aber eigentlich tote Dinge sind, warum dann seine lebendigen Kinder so hässlich wären; worauf der Maler erwiderte, dass er seine Bilder bei Tag mache, seine Kinder aber bei Nacht."

Am Tag der Santa Maria Magdalena, am 22. Juli 1490, erhält der Haushalt Leonardos unerwarteten Zuwachs, welcher bald alles in der kleinen eingeschworenen Gemeinschaft auf den Kopf stellen soll.

Gian Giacomo Caprotti ist der Sohn eines Bekannten des Malers, ein zehnjähriger Junge mit lockigem Haar und einem feinen, ebenmäßigen Gesicht, dessen Äußeres Leonardo vom ersten Moment an fasziniert. Allerdings steht diesem angenehmen äußeren Eindruck ein verschlagener, diebischer und verlogener Charakter gegenüber, der vor nichts Halt macht, auch nicht vor seinem Gönner und Meister, der schon nach wenigen Tagen in sein Tagebuch schreibt: ‚*Er ist ein Dieb, ein Lügner, starrsinnig, verfressen* …‘ Er habe, so notiert Leonardo, am zweiten Tage nach Giacomos Eintreffen zwei Hemden, eine Hose und ein Wams für ihn beim Schneider bestellen lassen und dafür Geld herausgelegt, das dann aus der Börse verschwunden sei. Trotzdem er sich sicher sei, dass der Junge es genommen habe, leugnet dieser hartnäckig. Weiter schreibt er ‚*Am Tage danach gingen wir dinieren, und Giacomo aß für zwei und stellte Unfug für vier an; er zerbrach drei kleine Karaffen und vergoss den Wein* …‘. Er bestiehlt Leonardos Schüler Marco um einen Silberstift, den dieser dann nach langem Suchen in Giacomos Truhe versteckt findet. Er spielt auch den anderen Lehrlingen immer wieder schlimme Streiche. Und er schämt sich nicht, den Meister, die Hand, die ihn füttert und für ihn sorgt, noch mehrmals zu bestehlen. Aber trotz allen Ärgers, immer wieder verzeiht Leonardo dem Jungen. Zu schön ist er, zu herrlich anzusehen, und auch eine recht nützliche Hilfe im Atelier. Er steht Modell, lernt mit der Zeit auch selber viele handwerkliche Dinge und wird bald ein leidlich guter Maler, der in späteren Jahren auch eigene Arbeiten ausführen wird. Er wird bis zum Ende bei Leonardo bleiben und es scheint, dass der Junge ihn von Anfang an in seinem Aussehen wie in seinem Verhalten an ihn selbst erinnert. Die Ruhelosigkeit, das Ungestüme, das Unkonventionelle und sicher auch die provokative Haltung – bis auf Giacomos wirklich ungebührendes Verhalten, seine Lügen und Diebereien und seine absolute Unberechenbarkeit – ja, er und der junge Leonardo gleichen sich schon irgendwie.

Schnell hat er dank seines Charakters einen neuen, passenderen Namen bekommen: *Il Salaìno*, kurz Salai – das Teufelchen.

Und dieses Teufelchen richtet sich für die nächsten Jahrzehnte in Leonardos Atelier und in seinem Leben ein.

Was war das nur mit der Malerei? Als Leonardo diesem Gedanken begegnete, hatte er das Gefühl, dass er einen Berg bestieg; jedenfalls geriet er irgendwie nach ‚oben‘, wie an die Oberfläche seines Traums. Ganz deutlich hatte er die Frage in seinem Kopf gehört, aber wer hatte sie gestellt? War jemand im Raum? War er selbst es gewesen? Wie auch immer, es war eine Frage, die ihn ein Leben lang umgetrieben hatte. Sie gehörte zu ihm, und nun war sie wieder da. Was war es nur ...

Was ist das nur mit der Malerei bei Leonardo? Manche Bilder, wie die ‚Anbetung‘ oder ‚Der Heilige Hieronymus‘, kommen einfach nicht über das Stadium der Skizze hinaus. Nur wenige Gemälde stellt er fertig, die wenigsten in einer für seine Auftraggeber angemessen scheinenden Zeit. Andere mögen fertig erscheinen, sind es für ihn aber nicht. Er findet kein Ende, muss immer wieder Änderungen anbringen. Seine Forschungen treiben ihn immer wieder weg von der Staffelei; andere Probleme zu lösen scheint ihm oftmals wesentlich erstrebenswerter, eine Maschine zu konstruieren wichtiger, egal ob sie dann wirklich gebraucht und gebaut wird. Auch hadert er mit Maltechniken, die ihm nicht den nötigen zeitlichen Spielraum geben. Er möchte ein Werk so lange wie möglich ‚offen‘ halten, um immer wieder daran arbeiten zu können. Manchmal macht er nur wenige Pinselstriche am Tag.

Rechnete man die reine Arbeitszeit für ein Bild zusammen, man käme vielleicht auf die Länge eines Tages, vielleicht einiger Tage, auf jeden Fall weniger als Wochen; in Wirklichkeit zieht sich dieser Prozess aber endlos hin, oft über Jahre, gar

Jahrzehnte. Mit einigen Gemälden – das weiß er aber noch nicht – soll Leonardo bis zu seinem Tod nicht fertig werden. Ist das nun ein Zeichen von großer Geduld und Ausdauer, oder zeugt es vielleicht gar eher von Leonardos übergroßer Ungeduld und mangelnder Gelassenheit? Warum ist er mit sich im Unreinen wenn es gilt, Gemälde fertigzustellen? Ist es das Streben nach dem absolut Perfekten und der ständige Zweifel, ob diese Perfektion je erreicht werden kann?

Ganz anders seine Ideen für die Feste des Herrschers. Die aufwendigen Kostüme, Dekorationen, Bühnenbilder und sogar mechanisch betriebene Figuren werden in Windeseile in der prächtigsten Ausführung hergestellt und dementsprechend bejubelt und bewundert. Sie machen Eindruck und stellen den Mailänder Hof in eine Reihe mit den höchst illustren Königshöfen des Kontinents. Besonders mit dem Ausrichten der Hochzeit des Neffen Ludovicos, Gian Galeazzo, mit Isabella von Aragón und auch für die zunächst hinausgezögerte, aber dann doch stattfindende Hochzeit Ludovicos mit Beatrice d´Este genießt Leonardo nun den unbestreitbaren Ruf als Meister der Zeremonien. Letztere ist übrigens eine Doppelhochzeit, denn es heiratet an diesem Tage auch Beatrices Bruder. So sehr Leonardo diese Aufgabe auch amüsiert: Ein Auftrag als Architekt oder als Mechaniker wäre ihm lieber.

Adamante, der Musiker, ist mittlerweile in musikalischen Angelegenheiten anderweitig engagiert. Markgräfin Isabella d´Este, ebenfalls frisch verheiratete Schwester von Il Moros Braut, hat ihn nach Mantua geholt, wo er die Opernrolle des Orfeo singen soll. Derweil hat Leonardo in seinem Palast an der Piazza del Doumo die Arbeit am Reiterstandbild wieder aufgenommen. Um ihn herum werkeln und malen seine Schüler, unter ihnen Giovanni, Marco und Cesare.

Eines Abends – Salai ist nicht im Haus, er ist wohl wieder einmal in der Nachbarschaft in irgendwelchen wichtigen Angelegenheiten unterwegs – sitzen sie alle um das Feuer herum, dessen Schein sich mit dem letzten grauen Tageslicht auf den Gesichtern trifft und sie schwach beleuchtet. Marco fragt in die Stille hinein: „Meister, wie kann es sein, dass eine Sache gleichzeitig gut sein kann und auch schlecht? Wie können sich diese beiden Gegensätze in einem Ding vereinen?"

Leonardo kneift für die Dauer eines Wimpernschlages seine Augen zusammen und fixiert den Fragenden. Er scheint zu ahnen, dass hier nicht die Rede von irgendeinem Gegenstand ist, sondern von dem abwesenden Salai. Immerhin hat der kleine Teufel einem jeden hier in der Runde bisher die übelsten Streiche gespielt, von Diebstahl bis hin zum bloßen Verstecken von Gegenständen, um sich dann über die verzweifelte Suche seitens der Bestohlenen heimlich zu amüsieren. Aber so schnell, wie er sich auf diesen Gedanken konzentriert hat, entspannt Leonardo sich wieder. Argwohn gegenüber seinen Schülern ist ihm fremd. Sie müssen ja sehen, dass er Salai nicht wirklich lange böse sein kann, dass er ihn väterlich liebt und zu einem vernünftigen Menschen zu erziehen sucht.

„So ist es mit vielen Dingen", antwortet Leonardo. „Jeder Mensch, ja, jedes Lebewesen vereint in sich unvereinbar scheinende Gegensätze. Ein Mann mag seinen Sohn oder seine Gattin zärtlich lieben, und doch zieht er in den Krieg und tötet andere Menschen. Die Katze mag sich schnurrend auf deinen Schoß legen und dein Streicheln genießen, aber wenn sie Junge hat, dann kratzt, faucht und beißt sie dich. Und die Disteln auf dem Feld erfreuen uns mit wundervollen Blüten, verwehren jedoch mit ihren Dornen den Zutritt zu ebenjenem Feld. Und wo wir bei Disteln sind: Die Artischocke ist von außen bewehrt wie eine uneinnehmbar verschanzte Burg, aber im Innern ihrer harten Blätter hat sie süßes, zartes Fleisch."

Die Schüler hatten still zugehört. Salai mag ein Teufel sein, aber ihren Meister lieben sie wegen seiner Besonnenheit, der familiären Fürsorge für sie alle und dafür, dass er ihnen die Dinge immer zu erklären weiß. Besonders der noch sehr junge Cesare scheint seinem Meister mit den Augen jedes Wort von den Lippen zu pflücken.

Deshalb schaut Leonardo ihm jetzt auch gerade ins Gesicht, als er fortfährt. „Wenn du im Boot eines Fährmanns sitzt und deine Hand in den Fluss tauchst, dann ist das Wasser, das du berührst, das letzte von dem das geht, und gleichzeitig das erste von dem, welches kommt. Es ist also beides — das Vergangene und das Zukünftige, aber immer nur in einem Moment, in der Gegenwart, dennoch immerwährend neu. Und so ist es ein ganzes Leben lang."

Cesares Gesicht erhellt sich, so als würde das Feuer auf einmal auflodern und ihm einen Schein verpassen. Ruhig fährt der Meister, nun wieder an alle gewandt, fort. „So ist es auch mit der Zeit — alles Lebendige ist immer genau zwischen dem, was war, und dem, was noch nicht ist — und also in diesem Sinne keines von beidem, und doch beides. Mit anderen Worten: ein immerwährendes Jetzt."

Giovanni meldet sich zu Wort. „Meister, ist es nicht auch so mit den Farben? Ihr sagt doch immer, dass die dunklen und die hellen Töne sich gegenseitig bedingen. Lebt nicht ein heller Ton erst neben einem dunklen Ton auf? Und sind nicht erst im Sonnenschein die aufziehenden Gewitterwolken von einem imposanten, faszinierenden Blauton?"

Leonardo nickt. „Richtig. Und so vergesst niemals: Was in der Kunst gilt, das gilt auch für die Menschen. Sie mögen euch grob erscheinen, manchmal auch gar unerträglich. Aber all ihr Verhalten hat seinen Grund, und für all dieses tragen sie auch den Gegensatz in sich. Man muss ihn nur finden und ihrem schlechten Benehmen entgegensetzen. Dann sieht man das wahre Bild ... Und jedes Teufelchen verliert im Licht der Wahrheit seinen Schrecken!"

Ertappt! Leonardo hatte den wahren Beweggrund hinter der gestellten Frage – natürlich – erkannt. Und dafür liebten sie ihn noch umso mehr.

Stets kann der Meister seinen Schülern die Welt und das Leben erklären, kann Beziehungen herstellen von der Kunst auf das Leben und wieder zurück auf die Kunst.

Zu diesem Zwecke gestaltet er auch das gesellige Leben in der Werkstatt so, dass es dem Studium der Kunst dient. Leonardo, der sich selber ja so gerne durch alle möglichen Dinge vom Malen ablenken lässt, entwickelt das zu einer Kultur. Immer wieder hält er seine Lehrlinge an, Abstand zu dem gerade zu malenden Bild zu schaffen, indem man kurzzeitig etwas anderes tut, um dann mit einem klareren, kritischeren Blick zurückkehren zu können. Oft werden im Atelier auch Spiele gespielt und kleine Wettbewerbe veranstaltet, die aber immer auch der Schulung von Geist und Auge dienen sollen, so wie dieser: Jemand malt mit Kreide eine gerade Linie an die Wand. Alle stellen sich in einiger Entfernung im gleichen Abstand davor auf, ein jeder hat einen dicken Gras- oder Strohhalm. Aufgabe ist es, den Halm so zu kürzen, dass er möglichst der tatsächlichen Länge des Kreidestriches entspricht. Derjenige, der dem am nächsten kommt, erhält einen kleinen Preis. Oder man rammt auf einer Wiese oder Lichtung in einigem Abstand einen Stab in den Boden und alle müssen schätzen, wie viele Male die Höhe des Stabes wohl in diesen Abstand gehen mag.

Eine von Leonardos Leitmaximen ist: „Die Natur ist die größte Lehrmeisterin, ihre Antriebskraft ist die Notwendigkeit. Die Erfahrung ist das Licht, das euch leitet. Die Tochter der

Erfahrung ist die Weisheit. Wer in der Jugend lernt, der sorgt für sein Alter vor, denn Weisheit ist die Nahrung des Alters. So sorge in deiner Jugend dafür, dass es dir im Alter nicht daran mangelt."

In einer Sache allerdings hat ihm all seine Erfahrung nicht helfen können. Mit einem künstlerischen Projekt hat Leonardo sich gänzlich verhoben, dem des Denkmals für Il Moros Vater, Francesco Sforza. Es hatte ihm seinerzeit Schub gegeben, war sogar einer der Gründe gewesen, die Ludovico bewogen hatten, den Künstler einzustellen. Es war auch der Grund, warum Il Moro ihm den Palazzo nahe dem Dom überließ, in dem er nun seine Werkstatt hat. Aber das Projekt steht von Anfang an sozusagen auf tönernen Füßen. Es will nicht gelingen: ein Pferd auf den Hinterbeinen, mit einem Reiter; zu groß, zu schwer, zu extravagant in der Ausführung ... Über ein Tonmodell kommt es nie hinaus. Und schon 1494 erkennt das auch der Herrscher und Oberste Kriegsherr, der die reservierten achtzig Tonnen Bronze von dem Projekt abzieht. Sein Schwiegervater braucht das Metall für Kanonen. Der Krieg ist wichtiger, und Ludovico ist mittlerweile sein eigener Ruhm ebenfalls wichtiger als eine Huldigung seiner Vorfahren in Form eines Monuments, das niemals das Licht der Welt erblicken wird.

Im selben Jahr erfüllt sich dann endlich auch anderweitig Ludovicos Zukunftsplanung. Sein Neffe Gian Galeazzo, den er auf politischer Ebene schon seit einiger Zeit am langen Arm verhungern lässt, stirbt mit nur fünfundzwanzig Jahren unter Umständen, die zu mehr oder weniger offenen Vermutungen Anlass geben. Il Moro ficht das nicht an; nun ist er nicht nur faktisch, sondern auch rechtlich ein Regent, und sein rechtmäßiger Titel ist ‚Herzog von Mailand'.

Leonardo indes malt wieder, und was er da malt, spricht für Ludovicos guten Geschmack, zumindest wenn es um Frauen geht. Und in diesen Jahren an Ludovicos Mailänder Hof kann man sich vor schönen Frauen gar nicht retten, und alle wollen porträtiert werden.

Fragen ... Immer wieder wurden sie gestellt, auch in der Zukunft noch werden sie gestellt werden ... Wieder wurde der Traum flach; Leonardo fühlte sich dennoch seltsam in die Höhe gehoben. Nein, er flog nicht, und doch hatte er plötzlich einen Überblick über sein gelebtes Leben, und offenbar noch viel mehr. Seit Tagen schon ahnte er, dass der Übertritt in das Totenreich bevorstand; hatte er ihn nun vollendet? Plötzlich sah er nicht nur sein Leben in dessen Gänze, sondern auch Menschen in einer fernen Zeit, die sich darum stritten, wer wohl diese Dame sei ... Es ging, soviel konnte Leonardo mit Verwunderung ausmachen, um das Bildnis, das sie ‚La Belle Ferronière' nannten, und der Streit drehte sich darum, wen das Bild darstellte. Leonardo sah das Bildnis deutlich vor sich und konnte dem Disput folgen, als sei er selber einer der Diskutanten, allerdings ein für alle anderen unsichtbarer. Cecilia Gallerani sollte es sein, meinten einige; Lucrezia Crivelli, so sagten andere. Und eine dritte Gruppe vertrat die Auffassung, es könne sich nur um die Mantuaner Markgräfin Isabella handeln. Belustigt lehnte Leonardo sich zurück ... und war in diesem Moment wieder zurück in seinem Körper, in seinem Traum. Und in dem schüttelte er lachend den Kopf: Ja, ist das denn nicht ganz klar, ganz eindeutig, welche Dame mit dem schönen, zarten, eisernen Stirnband er da gemalt hatte?

Vielleicht fliegen den Machtmenschen, die um jeden Preis Konventionen brechen, die Frauen besonders zu. Ludovico hat so eine Konvention gebrochen: Es genügt ihm nicht, seine jeweilige Geliebte nur platonisch anzuschmachten, sie nur mit Sonetten zu beehren wie einst Petrarca seine Laura, oder sich nur am Abbild der Dame zu begeistern, wie es Bernardo Bembo und sogar Lorenzo de´ Medici mit Ginevra, der Bergtigerin, taten. Er muss seine Angebeteten auch physisch besitzen.

Das ist der Fall mit Cecilia Gallerani, der Dame mit dem Hermelin, die ausgerechnet im Jahr der Hochzeit Il Moros mit dessen erstem Sohn niederkommt. Als Ludovicos neue Gattin Beatrice erfährt, dass die Mätresse ihres Mannes auch nach der Geburt des Kindes noch in einem Appartement im Kastell der Sforzas lebt, muss Cecilia gehen. Sie wird mit einem Grafen verheiratet und hat mit diesem weitere vier Kinder.

Aber das außereheliche Verlangen des Herzogs erlischt deswegen nicht. Während seiner Ehe hat er eine weitere Mätresse, Lucrezia Crivelli, und diese schenkt ihm den zweiten außerehelichen Sohn genau in jenem Jahr, in dem die Herzogin Beatrice nach einer Totgeburt stirbt. Il Moro ist untröstlich über den Verlust seiner Gattin, muss jedoch nicht auf einen seiner beiden illegitimen Söhne zurückgreifen: Vor dem unglücklichen letzten Kind, das seine Mutter mit ins Grab nimmt, hat Beatrice ihm zwei legitime Söhne geboren. Der Nachwelt bleiben die Porträts dreier Damen: Das der jungen zukünftigen Herzogin Beatrice, gemalt von Ambrogio de Predis; dann das Bildnis der Cecilia mit dem Hermelin, und jenes von der Dame mit dem Stirnreif, beide von Leonardos Hand. Und alle drei zeugen beredt davon, welch ein Glückspilz doch der Herzog ist, wenn man sich die Frauen anschaut, die ihn in seinem höfischen und familiären Umfeld umgeben.

Auch bei der letzten der drei handelt es sich um eine selbstbewusste, gebildete Frau. Und dieses Mal lässt Leonardo ihren Blick auch nicht mehr seitlich aus dem Gemälde gehen wie noch bei der jungen Cecilia, die wohl auf ihren außerhalb des Bildes stehenden Herrn und Geliebten schaut. Die neueste Dame stellt mit ihrem Blick eine Beziehung zwischen sich und dem Betrachter ihres Porträts her; gerade noch schaut sie an ihm vorbei, jedoch erwartet man, dass sich ihre Augen jeden Moment direkt ihrem Gegenüber zuwenden und ihn fixieren werden.

Solche Frauen liebt Leonardo, und so will er sie darstellen, ganz bewusst. Und mit ihnen pflegt er gerne auch über das vollendete Porträt hinaus Kontakt. Zumindest mit Ludovicos erster Mätresse Cecilia verbindet ihn eine tiefe Freundschaft, die sich besonders in Briefen niederschlägt. Cecilia ist gebildet und hoch interessiert; sie spricht fließend Latein, verfasst Gedichte und ist eine begabte Musikerin und Sängerin. Und sie hat eine gesunde Selbstwahrnehmung. In diesen Dingen ist sie eine Wesensschwester der Ginevra.

So erfährt Leonardo auch von dem durch einen Boten übermittelten Ansinnen aus Mantua. Ludovicos Schwägerin, die Kunstsammlerin und Mäzenin Isabella d´Este, möchte sich 1498 das Porträt der Dame mit dem Hermelin ausleihen und schreibt daher einen Brief an dessen Eigentümerin Cecilia. Zu gerne würde sie selber von dem berühmten Leonardo da Vinci porträtiert werden, zumindest aber will sie erst einmal das Porträt sehen, von dem sie schon so viel gehört hat. Und was antwortet ihr Cecilia? Gerne würde sie es der Markgräfin zukommen lassen, aber viel lieber wäre es ihr noch, wenn das Bild auch Ähnlichkeit mit ihr hätte. Damit untergräbt sie in keiner Weise Leonardos Porträtkunst, an der sie im Gegenteil keinen Zweifel lässt; vielmehr ist sie sich dessen bewusst, dass die Jahre und die Schwangerschaften sie doch sehr verändert haben.

Mit solchen Frauen kann man, kann Leonardo, auf Augenhöhe über Kunst oder Politik reden, man kann sie als

Gleichgestellte empfinden und auf die reinste und heiligste Art lieben. Eine solche platonische Liebe und Vergötterung gereicht jeder Dame zur Ehre. Wenn ein in dieser Tradition stehender Künstler wie Leonardo der Geliebten eines Herrschers oder gar einer Ehefrau Briefe schreibt, in denen er sie mit ‚innigst geliebte Göttin' anredet, dann muss kein Ehemann sich gehörnt, kein Herzog sich düpiert oder gar eifersüchtig fühlen.

Wenn dem aber so ist: Wenn Cecilia realistischerweise erklärt, dass sie in späteren Jahren kaum noch ihrem jugendlichen Abbild gleicht, wenn Isabella aus Mantua nun immer noch beharrlich drängelt, Leonardo möge sie doch endlich porträtieren, dann erübrigt sich doch jede Spekulation, um wen es sich bei der ‚Belle Ferronnière' handelt ...

Wie dem auch sei, für jeden Porträtkünstler sind der Mailänder Hof und die dortige Gesellschaft ein fruchtbarer Acker: Dort blühen die Feste, die Frauen und die Kunst.

Unterdessen versinkt Leonardos ehemals ziemlich sinnenfreudige Heimat Florenz in Selbstverleugnung und Kulturkannibalismus. Der letzte charismatische Herrscher, Lorenzo de´ Medici, ist 1492 gestorben. Nun schlägt das Pendel nach der anderen Seite aus. Florenz ist unter die Fuchtel des Dominikaners Girolamo Savonarola geraten. Der Kirchenreformator und Bußprediger treibt der Stadt ihren sündigen Lebenswandel aus. Und selbst ein vom Papst über Savonarola verhängtes Predigtverbot stoppt ihn nur für ganz kurze Zeit. Dann prangert er wieder die Kirche an und noch mehr die ausufernden Entgleisungen des öffentlichen und vor allem des gesellschaftlichen Lebens.

Alles, was als Zeichen des sündigen Lebenswandels herhalten kann, wird in Christi Namen beschlagnahmt, wofür der Mönch ganze Heerscharen von Kindern und Jugendlichen durch Florenz ziehen lässt. Aber auch schon so bringen die

Leute in vorauseilendem Gottesgehorsam verdächtige Gegenstände, die nur der Eitelkeit und der Sünde dienen, zu den Scheiterhaufen auf die Piazza della Signoria: nicht nur anzügliche Abbildungen und Gemälde, auch modische Bekleidung, Kosmetik, Schmuck, Spiegel, Musikinstrumente, Spiele und Spielkarten sowie teure Möbel und andere Dinge des persönlichen Luxus. Und diese ‚Fegefeuer der Eitelkeiten' brennen dann auch jeweils im Februar 1497 und 1498 lichterloh. Leonardos Lieblingsfeind, der Maler Sandro Botticelli, bringt eilfertig sogar einige seiner eigenen Gemälde vorbei und wirft sie selber ins Feuer.

Irgendwann aber hat der selbsternannte, bereits ex-kommunizierte Prophet Savonarola den Bogen überspannt. Noch im Jahre 1498 wird er zunächst festgenommen und dann selber den Flammen übergeben. Der Spuk ist vorbei.

Hier in Mailand ist Leonardo nun der bekannteste und am meisten bewunderte Maler. Er kann relativ frei und unbelastet leben; im Umgang mit seinen Lehrlingen, aber auch in Hinblick auf seine anderweitigen Vorlieben. Seit 1495 sind seine Gefühle zu Salai nicht mehr nur die eines väterlichen Freundes; er lebt diese Beziehung offen, jeder in der Werkstatt weiß es.

Er fragt sich manchmal, ob es nicht besser gewesen wäre, hätte er seinen erotischen Neigungen nicht nachgegeben. Immerhin schreibt er in seinem Tagebuch: ‚*Damit das Wohlbefinden des Körpers nicht jenes des Geistes beeinflusst, ist es notwendig, dass der Maler oder Zeichner in Einsamkeit bleibt ... Wenn du alleine bist, bist du dein eigener Meister; hast du einen Gefährten, dann gehörst du dir nur halb ... und je mehr Gesellschaft du um dich hast, umso mehr wirst du in Schwierigkeiten geraten ... Wenn du Gefährten um dich haben musst, dann habe sie in deinem Studio. Jede andere Gesellschaft wäre höchst verderblich.'*

Allerdings findet man in seinen Aufzeichnungen über das Praktizieren des Malens auch diesen Hinweis: *‚Ich sage und bestehe darauf, dass das Zeichnen in Gesellschaft aus vielen Gründen sehr viel besser ist als es alleine zu tun.'* Und dann führt er an, dass man sich in der Gemeinschaft einer schludrigen Arbeit schämen würde und daher umso sorgfältiger arbeite; dass die Gemeinschaft mit anderen, erfahreneren Malern stimulierend wirke und nicht zuletzt, dass man von den Arbeiten jener auch lernen könne.

Auf dem Papier liest sich das alles sehr einleuchtend und logisch. Ob aber in der Praxis er, Leonardo, in Einsamkeit vielleicht produktiver, ausdauernder im Malen gewesen wäre? Oder ob es vielleicht genau andersherum ist, dass ihm die Gesellschaft von anderen, auch die Erotik, die eigentlich eine Suche nach dem inneren Wesen, der Seele des Menschen ist, erst die Fähigkeit verleiht, diese Seele in ein Bild zu verwandeln? Auf der anderen Seite kann er dem körperlichen Verlangen oft recht gut widerstehen, nicht aber jenem Drängen, das ihn zwanghaft zu immer neuen Naturstudien, zu immer neuem Ausprobieren mechanischer Ideen treibt.

So liegen die Angelegenheiten des Herzens und die Angelegenheiten der Mechanik dicht beieinander, und immer noch läuft Leonardo seinen Herzensangelegenheiten wie auch seinen Frauenporträts davon, wenn eine Erfindung in ihm gärt.

Herzog Ludovico unterdessen tut, was alle großen Männer tun: Er schaut sich bereits seine Grabstätte aus. Zu gut weiß er, wie schnell ein Leben zu Ende sein kann in diesen Zeiten. Welch schönere Illustration seines Glaubens könnte es geben als ein Fresko des Letzten Abendmahls, und so beauftragt er Leonardo damit, das Refektorium seiner ausersehenen Ruhestätte, des Dominikanerklosters Santa Maria delle Grazie, mit einer solchen Darstellung zu dekorieren.

Leonardo ist, wie seine Zeitgenossen, ein gläubiger Mensch. Aber er sieht Religion lediglich als menschengemacht und den Glauben nicht als Fessel, nicht als Dogma, und Gott nicht als jemanden, der irgendetwas von den Menschen benötigt, um Gott sein zu können. Leonardo fühlt sich in seinem Glauben frei; er glaubt daran, dass der freie Wille dem Menschen gottgegeben ist und deshalb zum Ruhme des Höchsten genutzt werden sollte. Einzig Gottes Natur ordnet er sich unter. Leider hat Gottes Natur Gesetze, denen man sich beugen muss. Leonardo, Meister der Ölmalerei, hat niemals wirklich Fresko praktiziert, und es ist auch in der Natur der Sache, dass diese Maltechnik ihm in keiner Weise entgegenkommt. Er, der sich den ganzen Schaffensprozess lang ein Werk ‚offenhalten' will, muss sich der Tatsache fügen, dass jeder neue auf den feuchten Putz aufgetragene Teil der Fresko-Malerei möglichst perfekt sein und dann erst einmal einen Tag lang trocknen muss. Er kann nicht einfach etwas ändern, wegnehmen, neu malen. Also denkt er sich etwas aus, experimentiert mit neuen, ungewöhnlichen Untergründen, damit er es schaffen kann, wieder mit seinem Werk im ständigen Dialog zu stehen.

Aber auch in der Darstellung selber will er etwas ganz und gar Ungewöhnliches schaffen, etwas noch nie so Gesehenes. Die Jünger sollen keine Randfiguren der Szene am Tisch des letzten Abendmahls sein, nicht einfach Zuhörer dessen, was Jesus ihnen an diesem Abend mitzuteilen hat. Sie selber sollen in einen Austausch miteinander treten. Zu diesem Zwecke teilt er sie in vier Gruppen zu je drei Personen; ein jeder zeigt eine individuelle Gemütsregung: Ungläubigkeit, Fragen, stilles Entsetzen, heftige Reaktion, Diskussion untereinander und – im Falle von Judas – das Verbergen der Tatsache, dass der seine Silberlinge für den Verrat an seinem Herrn und Meister schon bekommen hat. Alles das setzt er in eine der Stimmung des Abends entgegengesetzte harmonische Perspektive mit Jesus im Mittelpunkt: Betroffener und Ruhepol in einem. Hierzu kann Leonardo endlich seine vielen auf den Plätzen und in den Gassen gemachten Studien von Personen in unterschiedlichen Stimmungen und Situationen verwenden, und er betreibt für das Gemälde auch noch viele neue Studien.

Da malt er nun gleich dreizehn Männer bei ihrem letzten gemeinsamen, gefühlsmäßig so aufgeladenen Mahl. Vielleicht macht der Maler hier in Zahlen wett, was er bisher in seinem Schaffen versäumte. Bislang hat er nur bedeutende Bildnisse von Frauen geschaffen. Allerdings erscheint selbst auf dem Abendmahl noch gleichsam das Gesicht des Engels der Felsengrottenmadonna. Johannes sitzt zur Rechten Jesu, sich – so scheint es – verträumt von ihm abwendend, während sich beider Unterarme zu berühren scheinen. Gleichzeitig hat er diese androgynen, beinahe weiblich weichen Gesichtszüge. Oder ist es gar nicht Johannes, der Lieblingsjünger, sondern – Gott verhüte! – eine Frau, Maria von Magdala möglicherweise? Bei Leonardo, dem in der Malerei so vieles unmöglich scheint, ist alles möglich.

Der Künstler wird noch miterleben müssen, dass sich seine Experimente mit dem Untergrund für das Fresko als fatal erweisen, dass das Gemälde noch zu seinen Lebzeiten an einigen Stellen beginnt, sich abzulösen und ein ewiges Restaurierungsprojekt zu werden.

Auch Ludovico wird lernen, dass er mit seiner Annahme über die Kurzlebigkeit der Dinge recht behalten soll, allerdings zunächst in einem anderen Sinne als gedacht. Hatte er doch gerade erst vor ein paar Jahren den Weg freigemacht für die endgültige rechtliche Übernahme des Herzogstitels, entsinnen sich die französischen Feinde Mailands jetzt, dass die Sforzas ja eine erst seit kurzem und nur per militärischer Gewalt regierende Dynastie sind, und so erneuern sie zugleich ihren alten Anspruch auf das Herzogtum. Nach nur einem halben

Jahrzehnt rechtmäßiger Macht sieht sich Ludovico im September 1499 genötigt, aus Mailand zu fliehen.

Leonardo fühlt sich auch jetzt und hier als unabhängiger, freier Künstler. Er hat für den Herzog gearbeitet, ja, aber auch die Franzosen werden seine Kenntnisse als Ingenieur, Mechaniker, Waffenbauer und Künstler gut gebrauchen können. Zudem hat er gerade erst für seine Dienste von Ludovico ein Weingut außerhalb der Porta Vercelli geschenkt bekommen.

Und er kommt damit auch durch, denn die Franzosen akzeptieren den bekannten Künstler als einen Universalgelehrten, den man nicht antastet. Das Einzige, das dran glauben muss, ist sein vor einigen Jahren im Hof des Sforza-Schlosses in Originalgröße aufgestelltes Tonmodell des geplanten Reiterdenkmals – die Franzosen messen ihre Kräfte im Armbrustschießen an ihm und zerstören es vollständig.

Dann aber entschließt sich Leonardo doch noch dazu, die Stadt, in der er siebzehn Jahre lang gelebt hat, zu verlassen.

Ihm ist bewusst geworden, wie sich Machtverhältnisse im Handumdrehen ändern können, wie schnell das sicher Geglaubte auf einmal nicht mehr sicher, wie wankelmütig das Glück ist. Bisher hatte er schon beinahe zu viel Glück mit stetig wechselnden Potentaten. Man soll sein Schicksal nicht herausfordern!

Bereits einige Wochen nach seiner Flucht hat Ludovico seine Verbündeten um Hilfe gebeten und sammelt schon Mensch und Material für die Wiedereroberung Mailands. Da gibt Leonardo dann doch lieber seinen Weinberg in die Hände eines vertrauenswürdigen Verwalters, und in diesem Falle ist es sogar der Vater Salais, dessen Familie auch schon bis jetzt von dem Künstler unterstützt wurde. Nun hat er in ihm einen Pächter gefunden, der sich um das Land und die Gebäude kümmert.

Derart abgesichert, flieht Leonardo mit seinem Freund Fra Luca Pacioli nach Venedig und reist wenig später nach Mantua. Das eigentliche Ziel aber ist seine alte Heimatstadt Florenz.

Mailand hat ihm viel gegeben: ein auskömmliches Leben, ein großes Atelier, viel Zeit für Studien; zwar mit dem Reiterdenkmal auch einen Misserfolg, aber alles in allem einen guten Rahmen für seine besten Jahre. Und viele neue Freunde. Mit dem Franziskaner Luca Pacioli verbindet ihn seit zwei Jahren eine besondere Freundschaft und Geistesverwandtschaft. Zunächst unterrichtet er Leonardo in der Mathematik, seinem wissenschaftlichen Hauptgebiet, und sie haben viele ergiebige Diskussionen über die Gesetze der Natur und der Mechanik. Die gemeinsamen Interessen gehen aber weit über diese Themen hinaus. Letztendlich genoss Fra Luca während der Zeit, in der er auf Einladung Ludovico Sforzas an dessen Hof wirkte, Leonardos Gastfreundschaft in dessen Palazzo.

In Mailand hatte er auch die Zeit gefunden, tatsächlich die Manuskriptseiten für ein geplantes Buch zu verfassen: ‚Trattato della Pittura' – ein Traktat über die Malerei, die er ja als die herausragendste aller Künste ansieht. Und dass sie wirklich die herausragendste ist, daran besteht für Leonardo, trotz seines ewigen Ringens mit den Bildern, den Untergründen, den Farben und dem Fresko von Santa Maria delle Grazie, kein Zweifel.

Zu dem Zeitpunkt, als Leonardo Mailand verlässt, ist eine junge Florentinerin gerade zwanzig Jahre alt geworden, die noch sehr wichtig in seinem Leben werden soll. Er wird auch ihr Bildnis malen, es wird ihn zeitlebens begleiten und er wird – zumindest nach seinem inneren Gefühl – auch dieses Bild nie ganz beenden.

Ihr Name aber wird für immer mit dem seinen verbunden sein.

Leonardo hatte bis jetzt ruhig gelegen. Nun aber strafften sich seine Züge wieder; es schien, als wolle er etwas sagen. Marguerite war aus einem leichten Schlummer erwacht und betrachtete die Züge des Künstlers. Nur mit großer Mühe konnte sie in dem Licht der neben dem Bett stehenden Kerze erkennen, dass sich ganz unmerklich seine Lippen bewegten, so als spreche er zu sich selber. Was sie nicht hören konnte war der Name, den er tatsächlich auszusprechen versuchte: Caterina.

Eine Sache schwingt nach, derer sich Leonardo erst jetzt richtig bewusst wird, da die Jahre in Mailand vorbei zu sein scheinen. Dort hat er seine Mutter begraben.

Caterina war, gerade verwitwet, auf Leonardos Drängen hin im Sommer 1493 zu ihm nach Mailand gezogen – keinen Moment zu früh, wie sich gezeigt hat. Nur wenige Zeit später musste er sie wegen ihrer schlechten Gesundheit ins Mailänder Hospital bringen, wo er sie in dieser Zeit oft besuchte – auch, um einen Blick auf noch eine andere Patientin zu werfen, die dort lag. Die Schönheit des Gesichts der jungen Frau war ihm sogar einen Tagebucheintrag wert: *,Giovannina hat ein phantastisches Gesicht – ist in Santa Caterina, im Hospital'*. Caterina, seine so geliebte wie ewig entbehrte Mutter, starb nicht lange danach im Jahr 1494.

Nun ist er mit seinem Haushalt wieder auf Umzug. In Venedig bleibt er nach seiner Flucht im Dezember 1499 nur kurz. Mantua, zwischen Mailand und Venedig gelegen, scheint schon eher als einstweiliges Ziel geeignet, und zudem wird er dort sehnlichst erwartet.

Seit Jahren sitzt ihm die Markgräfin Isabella im Nacken, um ein von ihm gemaltes Bild, idealerweise ihr eigenes Porträt, zu bekommen – wie ein Hund, der sich in einen Knochen verbissen hat und nicht mehr loslässt. Vielleicht gerade deshalb wird sie es nie bekommen. Gerne malt Leonardo Frauen, aber er hasst herrisches Verhalten, und genau so gebärdet sich Isabella. Sie mag noch so künstlerisch gebildet, noch so musisch talentiert und interessiert sein: Hier will ihm wieder einmal jemand vorschreiben, wie er ein Bild zu malen habe. Die Markgräfin präsentiert sich als eine weibliche Ausgabe der männlichen Herrscher, und es ist ja auch nicht so, als hätten Frauen – insbesondere hochgestellte Frauen – in diesen Zeiten keinen politischen Einfluss. Entweder offen oder aber eher hinter den Kulissen ziehen viele von ihnen wichtige Fäden. Isabella gehört zu denen, die sich nicht scheuen, sich ganz offen so zu benehmen wie ihre männlichen Gegenüber, die Herzöge, Grafen, Päpste, die ebenfalls niemals von Leonardo porträtiert werden sollen. Und somit gleicht Isabella eben in keiner Weise jenen durchaus ebenfalls selbstbewussten Frauen und Madonnen, die Leonardo in Bildern verewigt und denen er damit eine einzigartige Strahlkraft zu verleihen versteht – eine Strahlkraft von innen heraus, nicht durch Titel, Macht, Auftreten oder Besitz.

,Dieses Weibsbild', erlaubt sich Leonardo, ganz entgegen seiner sonstigen Art, zu denken, ,was will sie? Es ist ja fast, als wolle sie ein Bild von ihrer Idee über sich selber, damit es auf sie ausstrahle. Das wäre was: Ein Bildnis, das seine Eigenschaften auf den oder die Porträtierte übertrüge – schön, wenn es das gäbe. Gut, dass es so etwas nicht gibt!'

Auf der anderen Seite aber kann ein Künstler wie er eine so kunstbesessene wie auch kundige Mäzenin nicht ignorieren. So findet er sich also am Hofe Isabellas in Mantua bereit, ihr Porträt in Form einer Zeichnung vorzubereiten. Dabei geht er, auch auf Wunsch Isabellas, von seiner neuerdings praktizierten Art der Darstellung ab: Zwar dreht die Porträtierte sich noch in Dreiviertelpose dem Betrachter zu, ihr Gesicht aber erscheint im Profil nach rechts gewandt. Das ist eigentlich unerhört, ist diese Darstellung bislang doch den Männern vorbehalten. Frauen schauten auf Profilporträts bislang immer nach links, auf ihren Herrn und Gemahl. Aber Isabella plant sowieso nicht, ihr Porträt neben das Bildnis ihres Gatten zu hängen. Ein Anfang ist gemacht. Vielleicht kann Leonardo einen seiner Schüler mit der Ausführung des Bildes beauftragen. Da es sich hier um ein reines Porträt handelt, ohne Geschichte dahinter, ohne versteckte Anspielungen, ohne deutbare Symbole oder Metaphern, in denen er sich ausleben kann, ist er selber nur mäßig daran interessiert. Erst einmal ist die Dame etwas befriedet, und er kann Mantua und ihrem Einfluss recht schnell wieder entfliehen. In Venedig wartet immer noch ein Problem auf ihn, das er untersuchen möchte. Es geht um die mögliche Regulierung und den Ausbau der Flüsse im Hinterland der Lagunenstadt.

So kurz er auch in diesem Frühjahr in Venedig weilt – insgesamt sind es nur wenige Wochen – so viele Begegnungen mit anderen Malern hat Leonardo. Er trifft alte Bekannte, knüpft neue Kontakte und merkt, dass seine Ansichten über das Malen bei seinen Kollegen nicht nur auf Interesse stoßen, sondern geradezu begierig eingesogen und alsbald auch umgesetzt werden. Das betrifft insbesondere seine Art der Frauendarstellungen. Tatsächlich wird sich der kurze Frühlingsaufenthalt Leonardos zwar nicht in irgendwelchen Flussregulierungen im Veneto und Friaul niederschlagen, aber in der Rückschau wird er die gesamte Venezianische Malerei verändert haben.

Im April desselben Jahres ist er dann schon wieder zurück in seiner Heimatstadt Florenz. Da hat er gerade gehört, dass

Ludovico Sforza mit seinen Plänen, Mailand zurückzuerobern, gescheitert und nun von den Franzosen gefangen genommen worden ist.

Leonardo lebt sich recht schnell und ohne größere Umstände wieder ein. Immerhin ist er jetzt wer, hat einen Namen und muss sich nicht mehr irgendwelchen ungeliebten Herren andienen. Er spürt mit zunehmendem Alter und wachsendem Ruhm eine Art äußerer und innerer Freiheit. Er und sein Haushalt kommen in einigen leeren Räumen eines Klosters unter; idealer kann es kaum sein. Zu den Leonardo umgebenden Menschen gehören seine Schüler, die Gehilfen und sein Personal. Allerdings musste er, als er Mailand verließ, seine Köchin Maturina zunächst zurücklassen. Sie stammt aus einem der um die lombardische Hauptstadt herum gelegenen Dörfer und hat noch familiäre Dinge zu erledigen, bevor sie ihm nach Florenz folgen kann.

Ein zumindest zeitweiliger Ersatz muss gefunden werden. Leonardo überträgt es seinen Helfern, nach einer geeigneten Person Ausschau zu halten.

Einige Tage später stellt sich eine Frau namens Giovanna vor. Man sagt Leonardo, dass sie gut kochen und ihm außerdem auch in vielen anderen Bereichen im Haushalt nützlich sein kann. Er schaut sie sich an.

Giovanna ist ganz anders als Maturina. Sie ist etwa Anfang dreißig, eine offenbar bodenständige Frau aus Mantua, Tochter aus einfachem Haus. Bei Nennung ihrer Heimatstadt jedoch zuckt Leonardo zusammen. Das erinnert ihn wieder an Isabella, jene Markgräfin, die nicht locker lässt, ein Porträt von seiner Hand zu fordern. Giovanna aber hat nichts Isabella-haftes. Dennoch: ‚*Die Frauen von dort sind ausdauernd und zielstrebig, das muss man ihnen lassen!*‘ denkt er.

So gesehen nimmt ihn viel an der Person ein: Sie ist wie er ein Kind aus einfachen, aber guten Verhältnissen;

aufgewachsen auf dem Land, aber nicht ungebildet. In jungen Jahren hat sie sogar eine Pfarrschule besucht und später, als sie in einer Bürgerfamilie als Kinderfrau arbeitete, konnte sie sich im Lesen, Schreiben und Rechnen vervollkommnen. Man kann noch sehen, dass sie als junge Frau einmal recht hübsch gewesen sein muss. Jetzt ist sie etwas stämmig, aber noch immer gut proportioniert, und von freundlicher, aber bestimmter Art. Mit ihren langen rötlich-blonden, leicht gewellten Haaren gleicht sie sogar ein wenig dem Meister, wie eine Schwester es tun würde. Alles in allem nimmt sie Leonardo für sich ein und so entscheidet er, sie probehalber und sowieso nur auf Zeit einzustellen und das Kochen sowie die Führung des Haushalts bis auf Weiteres an sie zu übertragen.

Sie enttäuscht Leonardo nicht; eher überrascht sie ihn.

Eines Tages, zufällig, wird er Zeuge für die Resolutheit Giovannas. Das für seinen Haushalt bestimmte Feuerholz wird geliefert, und dem Lieferanten soll in der Küche auf Anordnung Leonardos ein kleines Frühstück angeboten werden, bevor er seine Bezahlung erhält. Der offenbar schon am späten Vormittag leicht betrunkene Mann scheint sich am plötzlichen Auftauchen des Meisters gar nicht zu stören, als er plötzlich genüsslich in Richtung der Haushälterin sagt: „Wenn ich heute keine geeignete Hure finde, tut´s auch ein gut gereiftes Weib."

Noch ehe Leonardo einschreiten und den Flegel in seine Schranken weisen kann, reagiert Giovanna. Mit der großen hölzernen Kelle, die sie schnell ergreift, schlägt sie den Mann scharf in den Schritt. Unbeeindruckt von dessen schmerzhaftem Aufschrei sagt sie mit fester Stimme: „Das wird das Problem für dich lösen!" Dann hebt sie selbstbewusst, wie zum Spott, ihre Röcke ein wenig an und weist an sich hinunter: „Da willst du gar nicht hin, das da ist für etwas ganz anderes reserviert."

Die Frau fasziniert Leonardo. Er spürt eine Art Gleichgesinntheit. Dennoch – oder vielleicht gerade deshalb – hält er im Gespräch mit ihr respektvoll Abstand und duzt sie zum Beispiel nicht, wie er es mit Maturina zu tun pflegt.

Eines Tages sucht er Giovanna, um etwas zu besprechen. Die Schüler sagen ihm, dass sie bei den Hühnern sei. Die Klosterbrüder haben einen Garten, und in diesem bauen sie kleine Mengen Gemüse für den Eigenbedarf an. Ebenso halten sie sich eine Schar Hühner. Leonardo hat Erlaubnis, einen Teil des Gartens zu nutzen und sich Eier für seinen Haushalt zu nehmen. Im Gegenzug legt Giovanna eine Ecke mit Kräutern an und kümmert sich um die Tiere, die sie, wie sich herausstellt, besonders liebt.

Dort findet Leonardo sie, auf einer niedrigen Steinmauer sitzend und die Hennen fütternd. Er setzt sich neben sie.

„Ihr scheint diese Vögel ganz besonders zu lieben", beginnt er das Gespräch, „dabei können sie nicht einmal fliegen."

Giovanna lacht ein offenes, zugewandtes Lachen. „Ich weiß, Meister Leonardo, Euch zählt wohl nur, was sich in die Luft erheben kann. Wie ist es dann mit den Bienen?" Sie weist auf einen neben dem Hühnergehege stehenden Aprikosenbaum, der in voller Blüte steht und in dem es vor mit gelben Pollenpaketen beladenen Bienen nur so brummt.

„Ja, die Bienen sind interessant, aber das wilde Schwirren ihrer Flügel wird der Mensch wohl nicht nachahmen können. Überhaupt ist der Flug der Insekten nicht harmonisch. Grashüpfer fliegen oft sogar rückwärts und dann nur kurze Strecken." Leonardo ist sofort in seinem Element. „Ich glaube, die Vögel bergen das wahre Geheimnis, wie man sich in die Luft erheben und in ihr schweben kann." Während er das sagt, staunt er über das Interesse dieser Frau an den Dingen, die ihn beschäftigen. Dann zeigt er auf eine weiter entfernt stehende Palme. „Seht Ihr, Giovanna, wie die Palmwedel dem Bau von

Federn gleichen? Und sie wiegen sich im Wind hin und her wie Vogelschwingen."

Der Blick der Frau geht tatsächlich interessiert in die angedeutete Richtung und sie nickt, was Leonardo noch mehr für sie einnimmt. Dann wendet sie sich wieder den Hühnern zu, denen sie nun das letzte Futter hinstreut, und erhebt sich. „Wisst Ihr, Meister Leonardo, was mich beschäftigt? Warum legen diese Hühner eigentlich Eier?"

Leonardo, der sich ebenfalls erhoben hat, schaut sie fragend an. „Wie meint Ihr das?"

„Nun, sie sollten doch nur Eier legen, wenn es auch einen Hahn gibt. Da ist aber keiner."

Erst jetzt fällt dem Meister auf, dass es tatsächlich keinen Hahn gibt, und er kann sich auch nicht erinnern, jemals einen Hahnenschrei aus dem Garten gehört zu haben. Er will über diese Frage nachdenken, die ihm diese Frau gestellt hat.

Er will, er muss über so viele Fragen nachdenken. Wieder rückt das alte biologische Interesse in den Mittelpunkt seines Denkens. In seinen Jahren in Mailand hat er bereits erste anatomische Studien an Schädeln und Gesichtsmuskulatur durchgeführt – etwas, das ihn befähigen soll, Gesichter und deren Ausdruck noch genauer darzustellen. Daneben interessieren ihn brennend alle Vorgänge der Fortpflanzung bei Tieren und beim Menschen. Ganz richtig vermutet er, wie menschliche Föten im Mutterleib liegen, und natürlich auch, wie sie dort hinkommen. Auch wenn der Akt der Zeugung für ihn persönlich etwas eher Abstoßendes hat, so fasziniert ihn der wissenschaftliche Aspekt doch über alle Maßen. Gerne wäre er gewesen wie der mythologische Prophet Tiresias, dem es – eigentlich als Strafe gedacht – vergönnt war, einige Jahre als Frau zu leben, zu heiraten und Kinder zu haben, bevor er wieder in einen Mann verwandelt wurde. Dann hätte er beiderlei Erfahrungen und Sichtweisen.

Schon lange glaubt Leonardo nicht mehr, dass die Frau bei der Zeugung nur das Gefäß für den Samen ist. Und auch von der Auffassung Aristoteles´ hat er sich verabschiedet, nach der die Frau lediglich die Materie beisteuert, der Samen des Mannes aber das formende Element für Körper, Geist und Seele des Kindes sei. Leonardo ist sich sicher: Die Frau ist nicht die Erde, in die wie bei einer Pflanze ein Samenkorn gelegt wird, das sich darin entwickelt – mal gut, mal weniger gut, je nach Qualität dieser Erde – aber immer zu dem, was es durch seine Herkunft werden soll. Es muss, und damit ist Leonardo im Denken bei Hippokrates angelangt, zwei Sorten von ‚Samen‘ geben, den männlichen und den weiblichen.

Er hat sich auch mit den Schriften des Galenius beschäftigt; und sowohl bei Letzterem als auch schon bei Hippokrates spielen die sexuelle Erregung der Frau und ihre dadurch ausgelösten Bewegungen beim Zeugungsakt eine Rolle. Es reicht also nicht, ein keusches und williges, aber inaktives Weib zu sein. Galenius mag Mann und Frau gesellschaftlich in gegenteiligen Rollen sehen, anatomisch sieht er sie durchaus ähnlich an, bis hin zur Analogie der Zeugungsorgane, die er lediglich als unterschiedlich angeordnet beschreibt. Die Frau trägt innen, was am Mann außen dran ist – seltsamerweise wird Letzteres als das Wertvollere angesehen.

Irgendwie, so denkt Leonardo, ist es im Geschlechtlichen, in der Zeugung eines Menschen, wie im allgemeinen Florentiner Familienverständnis: Die Seite des Vaters sichert immer die eigene Familienlinie, die mütterliche Seite bringt die Verbindung mit anderen Familien hervor, die Vermischung von Altem mit Neuem.

Eine weitere auf der Hand liegende Bestätigung seiner These scheint eine Beobachtung, die er auch bei seinen Gesichterstudien gemacht hat: Ähneln nicht Kinder sehr oft einem Elternteil; besonders die Söhne oft der Mutter, während

Töchter unter Umständen ganz dem Typus des Vaters entsprechen? Und gibt es nicht – das kann er sehr gut auch an seinen Halbgeschwistern erkennen – in derselben Familie, von denselben Eltern, noch einmal ganz unterschiedliche Kinder in Aussehen und Charakter?

Welche Gedankengänge hat Giovanna, die neue Köchin und Haushälterin, da in ihm geweckt? Und nicht nur in Bezug auf diese Frage; die ganze Person interessiert ihn. Die Lust dieser Frau am Leben lässt ihn nicht los. Zum ersten Mal erscheint ihm eine Frau so anziehend geheimnisvoll und gleichzeitig furchterregend, wie er es einst bei einer Wanderung in einer am Wegrand entdeckten tiefen, dunklen Höhle empfunden hatte. Damals hatte er sich der Faszination der feuchten, undurchdringbar scheinenden Grotte nicht entziehen können. Es war eine Mischung aus der Angst vor vielleicht gefährlichen Abstürzen oder gar wilden Tieren und dem Verlangen nachzuschauen, ob nicht unbeschreiblich schöne Naturwunder dort auf ihn warteten. So geht es ihm jetzt mit Giovanna. Er will ihr – der Lust und der Frau – unbedingt nachforschen.

An einem Abend, nachdem man gespeist und getrunken, und nachdem offenbar jeder den Weg in sein eigenes Bett gefunden hat, geht Leonardo in die Küche.

Giovanna sitzt allein mit einer Einkaufsliste am Küchentisch, während sie das Wechselgeld zählt.

„Darf ich?" fragt Leonardo, ehe er sich setzt.

„Aber Meister, sicher ...", antwortet sie ein wenig erschrocken.

„Ich glaube, alle sind mit Eurer Kochkunst sehr zufrieden, Monna Giovanna."

„Das freut mich zu hören", antwortet diese.

„Ich finde auch Eure Haushaltsführung sehr gut. Sagt mir nur, wenn Ihr etwas benötigt", fährt Leonardo fort.

„Das werde ich tun."

„Darf ich Euch etwas fragen?" wagt sich Leonardo nun vor.

Giovanna nickt und schaut ihrem Gegenüber direkt in die Augen.

Leonardo gibt sich einen Ruck. „Bitte sagt mir, wenn sich diese Frage nicht ziemt, aber neulich, als der Holzlieferant kam ... da sagtet Ihr etwas ..."

Die Frau scheint schon zu ahnen, worauf Leonardo hinaus will, und kommt ihm zuvor. „Ihr meint, meine Antwort, dass das da", sie schaut an sich herab, „für etwas anderes reserviert ist?" Dann lacht sie und nimmt damit Leonardo jede Angst, er könne sie mit seiner Frage verletzen.

„Ja."

„Nun, Meister Leonardo, wir sind hier unter uns. Ich weiß dass Ihr kein Gegner von sinnlicher Liebe seid. Alle hier wissen das. Nur fragen sich Eure Schüler, ob Ihr je bei einem Weibe gelegen habt. – Das ist alleine Eure Sache und geht niemanden etwas an!" wehrt sie ab, als Leonardo etwas erwidern will. „Was mich betrifft: Ich liebe, zu wem ich mich hingezogen fühle. Ich habe auch schon bei Männern gelegen ... aber mein eigenes Geschlecht lässt mich gelegentlich auch nicht kalt."

Immer noch wächst in Leonardo das Erstaunen über diese Frau, die sich anscheinend nicht davor fürchtet, über ihre innersten Gefühle und ihr Verlangen zu reden.

Derweil spricht Giovanna weiter. „Man sagt, Ihr wisst sehr viel über den Aufbau des menschlichen Körpers, und Ihr forscht auch über die Geschehnisse, die in uns Frauen ablaufen. Ich kann wohl, wie es scheint, keine Kinder bekommen ... leider ... aber ich kann dennoch meinen Körper genießen."

Leonardo, der sich wieder gefasst hat, entgegnet: „Ich habe mich immer gefragt, welche Rolle die ... Begierde ... bei einer Frau spielt, es aber niemals vermocht, das wirklich selber herauszufinden."

„Wolltet Ihr es denn, wenn es möglich wäre?" fragt Giovanna ganz offen, so als habe sie ihn gerade gefragt, ob sie ihm einen Becher Wein einschenken solle.

Dann wird für eine kurze, sehr lang erscheinende Weile nicht gesprochen. Die beiden an diesem Küchentisch sitzenden Menschen schauen sich nur an.

„Vielleicht ..." – das ist alles, was Leonardo antwortet. Die Frau mit den lebendigen, fröhlichen, lebenslustigen dunklen Augen senkt ihren Blick – wie es scheint – bis tief hinein in seine Seele.

Dann nimmt sie unumwunden seine Hand und sagt: „Kommt ..."

Zum ersten Mal wird ihm in dieser Nacht ganz praktisch, aus eigenem Erleben, bewusst, dass den Frauen möglicherweise eine ähnliche Lust in der Begegnung mit Männern widerfährt wie es umgekehrt bei den Männern als ganz selbstverständlich angesehen wird. Und dass sich dieses Begehren nicht davon abhängig machen lässt, ob die Frau empfangen möchte; ja, ob sie überhaupt noch im gebärfähigen Alter ist. Auch wenn Leonardo die körperliche Liebe zu einer Frau nicht in die Wiege gelegt wurde, auch wenn sich seine Liebesfähigkeit zu Frauen auf einer ganz anderen, viel höheren Ebene abspielt und auch, wenn ihm nach wie vor der Zeugungsakt wie auch die Geburt nicht als das Edelste erscheint, was zwischen Menschen geschehen kann – das in dieser Nacht Erlebte gibt ihm eine andere, neue Perspektive. Auch wenn sich dieses Erlebnis nicht wiederholen wird, so bewegt es doch noch lange die Gedanken des Forschers.

Sinnend sitzt der Meister über seinen Aufzeichnungen. ‚Vielleicht‘, so denkt er, ‚ist es zwischen allen Menschen, die lange zusammenleben und alles ausgekostet haben, wie zwischen alten Eheleuten, wenn die Lust möglicherweise am Verlöschen ist. Das, was zusammenhält, sollte dann zumindest *eine große gegenseitige Liebe, eine Achtung sein.'* Und noch ein anderer, etwas schelmischer Gedanke schleicht sich ein: *,Währenddessen kann sich ja der doch noch gelegentlich von Lust geplagte Mann vielleicht ein wenig Vergnügen woanders suchen ... oder auch, dass das alternde Weib, jenseits ihrer für die Mutterschaft vorgesehenen Jahre, ganz ähnliche Gefühle und Bedürfnisse hat.'* Diesen Gedanken aber schreibt er nicht nieder.

Danach ist sein Umgang mit Giovanna so frei und unbelastet wie zuvor. Sie ist äußerst diskret, und niemand im Atelier bemerkt, ob oder dass sich etwas ereignet hat.

Giovanna verfügt über ein enormes Wissen, was Heilkräuter und andere Mittel angeht. Hat jemand einen schmerzenden Rachen, gibt sie ihm Mandel- oder Kirschbaumharz, aufgelöst in heißem Wasser oder einfach so zum Kauen. Sie besorgt *cipolle*, rote Zwiebeln aus Certaldo, und kocht daraus einen heilenden Sud sowie ein sowohl süßliches als auch herzhaftes Mus, das sich gut zu kräftigem Käse essen lässt.

Mittlerweile hat Leonardo einen neuen Dienstherrn gefunden. Cesare Borgia, Sohn von Papst Alexander VI., hat gerade die Romagna erobert. Nun benötigt er jemanden, der das beherrscht, was Leonardo am liebsten macht und am besten kann. Er braucht einen mit militärischem und architektonischem Wissen ausgestatteten Zeichner, einen Kartographen und Städteplaner, der gleichzeitig ein Auge für Zweckmäßigkeit und Schönheit hat. Diese Beschreibung trifft auf den mittlerweile fünfzigjährigen Künstler zu, von dem man schon so viel aus seinen Mailänder Jahren gehört hat.

Gerade hat Leonardo wieder einmal ein Madonnenbild begonnen – die ,Madonna mit der Spindel' – und schon legt er sie wieder weg; sie wird wohl von seinen Schülern fertiggestellt werden müssen. Derweil geht Leonardo als offiziell benannter ‚Architekt und Generalingenieur' auf Rundreise in Cesares neu eroberten Gebieten. Besonders interessiert ist Cesare an einer Bestandsaufnahme der militärisch-strategischen Situation in seinen Städten.

Über Pesaro und Urbino geht es zunächst nach Rimini, wo Leonardo bereits am Tage seines Eintreffens im August 1502 seine ersten Gedanken für die Trinkwasser spendende Fontana della Pigna an der Piazza dell´Arengo niederschreibt. Dabei treibt ihn die Idee an, dass man Zweckmäßigkeit durchaus auch stets mit Schönheit verbinden und in diesem Falle das Wasser in Schalen leiten könnte, die ihrerseits angenehme Klänge zu erzeugen vermögen.

Dann geht es weiter ins nahegelegene Cesena, welches Cesare vergrößern und als seinen Herrschersitz ausbauen lassen will. Die Verteidigungsmauer der Rocca Nuova soll schon im kommenden Jahr entsprechend Leonardos Plänen modernisiert und den neuen Erfordernissen angepasst werden.

In Cesenatico widmet sich Leonardo dem Kanalhafen, insbesondere seines Schutzes vor der drohenden Verlandung.

In Faenza skizziert er fasziniert die dortige majestätische Kathedrale und besucht die keramischen Werkstätten.

Sein Ziel und längster Aufenthaltsort allerdings ist Imola. Es ist quasi eine Garnisonsstadt. Dort konzentriert Cesare Borgia zu dieser Zeit Tausende seiner Soldaten und Waffen. Leonardo nimmt den Grundriss der Stadt auf und erarbeitet einen Stadtplan, und er beginnt Ideen zu entwickeln, wie man das Zentrum in eine kreisrunde Form ähnlich einer Windrose umgestalten könnte. Er tut all diese Dinge mit einem Eifer, der seinen Ansichten über jede Art von Gewalt direkt entgegenzustehen scheint, hatte er doch unter anderem geschrieben: ‚*Der Krieg ist die tierischste Dummheit*.' Aber Leonardo scheint in der Lage, das eine Gefühl vom anderen getrennt zu halten und die Dinge nüchtern zu betrachten.

Seine Reise endet am Fluss Santerno, der die Romagna mit seiner toskanischen Heimat verbindet. Dort lebt angesichts der vielen Strudel, stillen Becken und Wasserfälle seine Faszination für fließendes Wasser wieder auf, die er seit seiner frühen Jugendzeit hat.

In Rimini bereits, beim Betrachten der Quellwasser der Fontana della Pigna, beobachtet er auf der Piazza auch die Tauben. Sich aufplusternde Täuberiche laufen stolz und mit verführerischem Gurren um die Täubinnen herum, um einen Moment für die Paarung abzupassen. Aber die Weibchen sind nicht interessiert und picken lieber im Sand nach Futter. Nur selten sieht man eine von ihnen sich dem Fortpflanzungsakt hingeben. Der Täuberich ist schnell danach wieder auf Freiersfüßen.

Leonardo erinnert sich aber auch an ein Taubenpärchen, das er als Kind in seiner Heimat in Vinci beobachten konnte. Die beiden Vögel machten es sich Abend für Abend regelmäßig auf einem kahlen Ast gemütlich und putzten und schnäbelten sich immer wieder gegenseitig. Also gibt es nicht die ewige Lust oder Unlust von Männchen und Weibchen; weder in der Tierwelt noch beim Menschen, aber wohl ein ewiges Bedürfnis nach Partnerschaft und Gesellschaft.

Leonardo lächelt. So erklärt sich auch Giovannas Problem mit dem Huhn. Es muss Eier legen, egal ob ein Hahn da ist oder nicht. Und diese Eier, das hat er selber schon erlebt, können eben auch unbefruchtet sein. Er selber hat solche Eier, wenn sie über die Zeit waren, aus Hühnernestern genommen und geöffnet. Es war kein totes Küken darin gewesen, es war einfach eine faul stinkende Masse.

Es ist schon so, in der Natur wie beim Menschen: Alles hat seinen Zweck und seine Zeit.

So wie es auch ursprünglich geplant war, trifft die Köchin Maturina irgendwann in Florenz ein und ist bereit, ihre alte Stellung in Leonardos Haushalt wieder einzunehmen. Gleichzeitig kündigt Giovanna an, weiterziehen zu wollen.

Der Meister bittet sie zu einem Gespräch.

„Ihr müsst nicht gehen, ich würde Euch gerne hier behalten."

„Meister Leonardo, ich wusste von Anfang an, dass es nur für eine bestimmte Zeit sein würde. Ehrlich gesagt, ich habe es sehr gerne getan, aber ich möchte noch andere Dinge sehen und tun."

Die Frau lächelt ihn an, während sie das sagt, so als sei es das Selbstverständlichste auf der Welt. Und sofort spürt Leonardo wieder diese Kameradschaft zwischen ihnen, beinahe eine Geschwisterlichkeit.

Dann fährt sie fort. „Euer Haushalt ist gut verwaltet, Maturina wird alles wohl geordnet vorfinden. Es ist ihr Reich ... und ich überlasse ihr auch einige meiner Rezepturen. Besonders jene für die Zwiebelmarmelade ..."

Leonardo ist ihr für die Offenheit dankbar. Diese Frau war ihm, so kurz sie auch hier weilte, eine Enthüllung. Sie scheint ihm wie aus der Zeit gefallen zu sein, an keine Konventionen gebunden. In jener fraglichen Nacht hatte zwischen ihnen das Gespräch die Oberhand gehabt und gleichzeitig hat sie ihm ermöglicht, nicht nur in die weibliche Anatomie, sondern vor allem in das weibliche Denken und Fühlen einzudringen.

Einen solchen Ausflug wird es für Leonardo nicht mehr geben. Giovanna hat ihm deutlich den Unterschied zwischen seinem wissenschaftlichen Interesse und seinen persönlichen Präferenzen aufgezeigt. Aber eins hat er zu akzeptieren gelernt: Auch er ist nur ein Mensch. Auch in seiner Brust leben immer noch zwei Seelen.

Noch eine ganze Weile sinnt er der Frau nach, die seinen Haushalt gerade so lebens- wie abenteuerlustig verlassen hat, und noch einmal fallen ihm die Hühner und das Problem mit den Eiern ein. Der Vergleich mag ketzerisch sein, aber die Gedanken sind ja frei: Es bedarf, wie auch bei der Gottesmutterschaft, nicht immer eines männlichen Wesens, um ein weibliches Wesen zu befähigen, seine Aufgabe im Leben zu erfüllen.

Während Maturina sich wieder in ihrem alten, jedoch nun um einige kulinarische Vorlieben ihrer Schutzbefohlenen bereicherten, Leben einfindet, kann Leonardo zurück in den Schoß seiner bevorzugten gedanklichen und emotionalen Welt sinken. Und diese Welt ist bevölkert mit noch mehr faszinierenden Gestalten.

Dieses Mal sind es gleich zwei starke Frauen, Maria und Anna, die er ganz neu darstellen will. Er fertigt Entwürfe in mehreren Variationen an, aber im Zentrum jeder dieser Skizzen steht dieselbe Komposition: Er lässt die erwachsene Gottesmutter auf dem Schoß ihrer eigenen Mutter Platz nehmen und beide so zu einer Einheit verschmelzen. Während eine sehr jung wirkende Anna ihre Tochter beinahe kokonartig umfängt, greift diese nach ihrem als Kleinkind dargestellten Sohn, der seinerseits mit etwas ganz anderem beschäftigt ist. Auf einem der Kartons ringt er mit einem Lämmchen, auf dem anderen segnet er den ebenfalls kleinkindlichen Johannes.

Im Hintergrund erzählt Leonardo jedoch gleich noch eine ganz andere Geschichte: Die der Erschaffung der Welt. Schon immer hat er sich gefragt, wie das mit dem Wasser auf der Erde ist: wo es herkommt, wo es hingeht, warum es nicht den ganze Erdball bedeckt, warum aber auch nicht alles im Boden versickert ist und vor allem, wie die Fossilien von urzeitlichen

Muscheln und Meeresschnecken in die hohen Berge gelangt sein können. Konsequent setzt er die in seinen Bildern erzählte Erdgeschichte fort, wie er sie sieht und interpretiert; von den ersten Andeutungen in der frühen ‚Verkündigung' und seinen Madonnenbildnissen, über die ‚Felsengrottenmadonnen' bis hin zum ‚Letzten Abendmahl'. Immer bilden die dramatischen Vorgänge in der Natur, in den Bergen, den Hintergrund. Ja, im Abendmahl-Fresko laufen in Wirklichkeit sogar alle Linien auf diese, angesichts des vordergründig Dargestellten nebensächlich erscheinenden, Ereignisse zu. Und auch bei der Anna-Maria-Jesus-Komposition soll das durch deren Körper gebildete Dreieck den Blick des Betrachters auf den Hintergrund ziehen – im dann später gemalten Bild noch mehr als in einigen ersten Skizzen und Kartons.

Leonardo ist so begeistert von seiner eigenen Komposition, dass er etwas ganz Ungewöhnliches tut: Er öffnet sein Atelier und stellt seine ersten Entwürfe – besonders den Karton mit der Johannes-Version – aus, für jeden Interessierten zu besichtigen. So kommt es, dass verschiedene Besucher seiner Werkstatt davon in Korrespondenzen berichten. Und natürlich hat auch Isabella ihre Kunstspione vor Ort und muss so erfahren, dass Leonardo den Teufel tut, sich mit dem Malen ihres Porträts nach der in Mantua angefertigten Zeichnung zu beschäftigen. Die Madonna mit ihrer unmittelbaren Familie – und wieder ohne Mann weit und breit – ist zu seinem Lieblingsprojekt geworden. Und der Name des Gemäldes ‚Anna Selbdritt' zum Programm: Diese beiden Frauen sind ganz bei sich selbst, zu dritt mit dem Kind. Sie haben es vermocht, sich aus eigener Kraft und mit der Hilfe Gottes, eines Gottes der Natur, zu verwirklichen, so wie die allumfassende Natur sich immer wieder von Neuem verwirklicht. Leonardo ist beglückt und, ebenso wie seine Frauen, ganz bei sich selbst.

Wie immer im krassen Gegensatz dazu steht sein Glück – oder besser gesagt, sein Unglück – wenn es um die künstlerische Beschäftigung mit Männern geht. Hier in Florenz ist er nicht mehr *der* bedeutendste Maler wie noch in Mailand, er ist nur *einer* der bedeutendsten Künstler. Neben ihm gibt es noch so einige Lokalmatadoren, die durchaus auch mit dem entsprechenden Selbstbewusstsein ausgestattet sind. Allen voran Michelangelo Buonarroti. Leonardo mag ihn nicht, und das beruht auf Gegenseitigkeit. Sie könnten sich vom Naturell her auch gar nicht unähnlicher sein. Buonarroti ist ein sich kasteiender, mit sich selber im Zwist liegender Charakter, dem jede leonardeske Leichtigkeit und auch jede Eleganz abgeht. Leonardo hat das Gefühl, in dem Konkurrenten alles das zu erblicken, was er nicht ist, oder auch, was er in sich unterdrückt.

Im Oktober 1503 ist Leonardo wieder in die Malergilde von St. Lukas eingetreten und hat von der Signoria nun den Auftrag erhalten, eine Wand im großen Ratssaal des Palazzo Vecchio zu gestalten. Auf den Wänden sollen diverse Schlachten dargestellt werden, und Leonardo wird die Schlacht von Anghiari anvertraut. Am 29. Juni 1440 fand in dieser auf einem toskanischen Hügel gelegenen Stadt der Lombardische Krieg zwischen Mailand und der Liga Italienischer Staaten, angeführt von der Republik Florenz, seinen Höhepunkt. Der Sieg der Liga sicherte die Florentinische Dominanz über Mittelitalien.

Hier hat Leonardo, wie schon beim ‚Letzten Abendmahl‘, wieder eine hervorragende Gelegenheit, seine vielen Studien zum Ausdruck ganz verschiedener Emotionen zu verarbeiten. Er hatte ja auch ganz realen Anschauungsunterricht, denn als er für Cesare Borgia dessen eroberte Gebiete bereiste, sah er die Folgen eines von einem unbarmherzigen Despoten geführten Krieges aus erster Hand. Cesare Borgia ist als besonders grausamer Kriegsherr bekannt und gefürchtet. Da ist nichts mehr von der Eleganz und Schönheit der Konstruktion raffinierter Waffen; schon lange weiß Leonardo, dass die genialste Maschine nur so ‚gut' oder ‚böse' ist, wie derjenige, der sie anwendet. Er weiß sehr genau um den tief im menschlichen Charakter verankerten Impuls, den er so beschreibt: *Alles, was der Mensch nicht begreift, muss er bezwingen – bezähmen, unterordnen und im schlimmsten Falle zerstören.'*

In Cesares Romagna hatte er den wahren Charakter vom Leid des Krieges – *‚bestialissima pazzia, die tierischste Dummheit'* – vor Augen gehabt, und zwar für Mensch und Tier. Mehr noch als beim Abendmahl kann er nun in diesem Wandbild die menschlichen Gefühle – Feindseligkeit, Aggression, Angst, Wut, Verzweiflung, den Todeskampf und das Sterben – darstellen. Und natürlich interessieren Leonardo diese Gesichter und diese Körper. Da kann er noch so viele schöne, intelligente und wissende Frauen malen: Seine Studien des anatomischen Aufbaus eines Schädels, der Muskeln eines Gesichts, eines Torsos sollen in dem Werk mit den unzähligen auf den Straßen und den Märkten gemachten Skizzen von emotional erregten Männern verschmelzen. Nicht dass er nicht auch einige Charakterstudien von Frauen angefertigt hatte: zahnlose schreiende Marktfrauen, streitende, abgelebte Prostituierte und Bettlerinnen; jedoch sind die mit Krieg und Aggression verbundenen verzerrten Gesichter und ineinander verkeilten Körper eindeutig eine männliche Domäne. Und im Kampf der Rivalen sollen auch deren Pferde das Grauen der Schlacht mit ihren vor Panik aufgerissenen Augen und Mäulern zum Ausdruck bringen. Der Schrecken des Krieges ist vor jeder Kreatur gleich, egal ob Lombarde oder Florentiner, egal ob Mensch oder Tier.

Aber wieder hat die Sache einen Haken, denn wie schon in Mailand sieht sich Leonardo einem Auftrag gegenüber, der ein

Fresko verlangt, und wieder quält den Maler die Aussicht, nicht ‚offen‘ malen zu können, sondern sich den Gesetzen der erforderlichen Maltechnik unterwerfen zu müssen. Wieder experimentiert er mit Untergründen herum, macht Probestücke, ist unzufrieden.

Und noch ein anderer Stachel peinigt ihn: Gemeinsam mit ihm hat sein neuer Lieblingsfeind Michelangelo die Ausmalung der anderen Wand übertragen bekommen, seinerseits mit der Schlacht von Cascina, wo am 28. Juli 1364 die Pisaner von den Florentinern besiegt worden waren. Leonardo wird den Eindruck nicht los, dass der Auftrag an ihn und Buonarroti gegangen ist, um eine Art Wettbewerb zu provozieren und damit die Fertigstellung voranzutreiben. Aber er hat wenig Lust, sich auf einen solchen Wettlauf einzulassen. Das ganze Jahr 1504 hindurch erhält Leonardo Zahlungen für das Schlachtbild, aber seine Versuche, neue Techniken zu erfinden, die ihm die Ausführung des Werkes ermöglichen könnten, scheitern. Zudem reizen ihn andere wissenschaftliche Experimente und zunehmend auch die Realisierung seines großen Traums: das Fliegen.

Leonardo war zunehmend unruhig geworden und begann nun, den Kopf hin- und herzuwerfen. Marguerite fragte sich, was ihn so bewegte, dass er sich im wahrsten Sinne des Wortes bewegen musste, so als wollte er vor etwas fliehen oder jemandem entkommen, der oder das ihn verfolgte – so, als könne er es nicht abschütteln.

Und es gibt noch einen weiteren Reibungspunkt mit dem misanthropischen Michelangelo. Der hat unter großer Beachtung durch die Öffentlichkeit 1504 seinen David fertiggestellt. Kein Vergleich zu dem jungen David Verrocchios, dem Leonardo seinerzeit Modell gestanden hat.

Michelangelos David ist von einer beinahe goliath´schen Wucht und Größe; des Anlasses würdig, die Unbesiegbarkeit der Florentinischen Republik darzustellen. Nun muss entschieden werden, wo die Statue aufgestellt wird. Gemeinsam mit seinem alten Lieblingsfeind Botticelli und anderen großen Namen der Florentiner Künstlerwelt wird auch Leonardo in das Gremium berufen, das die Entscheidung treffen soll. Vom ursprünglichen Plan, die Figur an die Chorseite des Doms Santa Maria del Fiore zu platzieren, war man schon abgegangen; nun steht die Idee im Raum, den David an der Piazza della Signoria vor dem Palazzo Vecchio aufzustellen. Leonardo, der keine Gelegenheit auslässt, die in seinen Augen absoluten Vorzüge der Malerei gegenüber jeder anderen Kunst, insbesondere aber gegenüber der Bildhauerei, hervorzuheben, macht einen missgünstigen Gegenvorschlag: Dort sei die Skulptur doch bei größeren Festivitäten und Umzügen im Wege; warum soll man sie nicht lieber *neben* das Rathaus stellen, in die Loggia dei Lanzi? Dort, das weiß jeder, wäre es aber nur eines von mehreren bereits aufgestellten Kunstwerken. Leonardo wird überstimmt.

Die beiden Männer reiben sich aneinander, das wird auch anderen schnell klar. Sie liefern sich bei gelegentlichen Treffen auf der Straße offene Wortscharmützel. So wird Leonardo im Beisein einer Gruppe diskutierender Männer auf einer Piazza von Buonarroti damit konfrontiert, dass er ja an dem Mailänder Reiterdenkmal gescheitert sei; wohl, weil ihm seine eigene Unfähigkeit zur Bildhauerei bewusst geworden sein muss. Solche Kritik trifft Leonardo hart. Umso mehr, als der wirkliche Grund zum Scheitern ganz woanders gelegen hatte.

Eigentlich müssten beide Künstler sich seelenverwandt empfinden, sind sie doch beide – wenn auch von ganz unterschiedlichem Naturell – von demselben Verlangen getrieben: der Suche nach der wahren Proportion, dem Drang, in die Anatomie des Körpers vorzudringen. Und sie müssten sich als sich gegenseitig ergänzend erleben: Während Leonardo eindeutig ein Maler der Frauen ist, profiliert sich Buonarroti mit der Darstellung männlicher Körper. Beide tun wohl im Dunkeln der Nacht die gleichen verbotenen Dinge: Leichen sezieren, um der Natur auf die Schliche zu kommen. Eigentlich sind die beiden Künstler doch zwei Seiten einer Münze. Wo Leonardos Stärke die Stille, das forschende Anschauen ist, wütet in Buonarroti ein ständiger Sturm. So wie Leonardo seine Neugier, sein stilles Schauen, die Seelensuche benötigt, um malen zu können, so braucht Buonarroti wohl seine Wut, sein inneres Rasen, das Aufbegehren, um derart machtvolle Kunst zu schaffen wie den David oder die Skizzen zu seinem Schlachtengemälde. Beider Naturelle, zusammengetan, wären eine angenehm produktive Mischung; sie würden sich ideal ergänzen.

Tatsache aber ist, dass die beiden sich ihr Leben lang misstrauen.

Aber erst einmal entkommt Leonardo diesen seinen Alltag gelegentlich bedrückenden Problemen, denn er nimmt sich vor, die Stadt kurzfristig für eine Stippvisite in sein Heimatdorf Vinci zu verlassen. Dort lebt noch sein Onkel Francesco, Bruder seines Vaters, in dem ehemaligen Haus des Großvaters Antonio, in dem Leonardo als Kind aufwuchs.

Auf dem Rücken eines Maultiers reitet er aus der Stadt hinaus, entlang des Arno, in Richtung Empoli. Dort biegt er ab, um auf immer schmaler werdenden Pfaden hinaufzugelangen in die Höhen, wo zwischen endlosen Grasweiden und Olivenhainen immer kleinere Ortschaften und Ansiedlungen sich in die Hügel ducken, bis die Hügel zu Bergen werden, die im Zwielicht des beginnenden Abends verschwimmen.

Der Onkel, der mit dem alten Diener Giambattista aus Leonardos Kinderzeiten lebt, freut sich sehr über den Besuch.

Er ist hoch in seinen Sechzigern, sieht aber älter aus. Sein ganzes Leben hat er, wie auch schon sein Vater, hier in Vinci verbracht, auch wenn die Geschäfte mit der Seidenzucht, die ihn wohlhabend gemacht haben, sich in Florenz abspielten. Die Stadt war nie ein erstrebenswerter Lebensraum für ihn gewesen. Mehr noch als sein Neffe fühlte er sich stets der hier oben recht kargen toskanischen Landschaft verbunden. Dennoch gibt es einige Veränderungen, die dem Vermögen geschuldet sind, das der Onkel in seinem Leben gemacht hat und das er nun sparsam, aber sinnvoll einsetzt. Denn hatte man zu Leonardos Kindheitszeiten noch gewachstes Tuch vor den Fenstern, was zu jener Zeit für ein stark gedämpftes Licht im Hause sorgte, so gibt es jetzt die seit einigen Jahren in Mode gekommenen dicken runden Glasscheiben, die das Innere des Hauses wesentlich freundlicher erscheinen lassen.

Leonardo merkt erst jetzt wieder, was auch er in seiner Kindheit an ihr, der Landschaft, hatte und auch, wie sehr er das alles vermisst hat. Gleich am nächsten Tag macht er sich auf zu einem Streifzug in die ihm so vertrauten Gegenden rund um Vinci, Anciano und den Monte Albano. Es ist hoher Sommer, und schon am späten Vormittag schreit die Hitze mit den Stimmen Tausender Zikaden. Die Sonne flirt und spiegelt sich in den graugrün-silbrigen Blättern der Olivenbäume. Leonardo spürt, dass er trotz seines guten körperlichen Zustandes nicht mehr so jung und drahtig ist, wie er es in Erinnerung hatte. Er muss öfter eine Rast einlegen, einen Schluck Wasser trinken. An einigen Stellen holt er seinen Skizzenblock hervor, macht kleine Zeichnungen, schreibt einige Beobachtungen hinein. Dann lässt er den Blick schweifen. Die Berge sind, trotz des klaren Sonnentages, nicht deutlich zu erkennen; sie tragen einen leichten Wolkenschleier. Der Horizont verschwimmt. Leonardo hatte schon beobachtet, dass an klaren Tagen die Sicht oft beeinträchtigt ist, während bei bewölktem, feuchtem

Wetter der Horizont meist ganz scharf und klar zu sehen ist und der Blick viel weiter reicht.

Dann schaut Leonardo auf den Boden zu seinen Füßen, und eine Erinnerung holt ihn ein: Als Junge sah er hier schon einmal eine Prozession von Ameisen, da sind sie wieder. So als seien nicht Jahrzehnte seitdem vergangen, tragen sie immer noch eifrig Samen und Gräsergrannen in ihre Baue. Er bückt sich hinunter und hebt einen dieser Samen auf, und ihn befällt ein regelrechtes Déjà-vu: Wo hat er das schon einmal erlebt? Der Samen irgendeiner Pflanze, deren Namen er nicht kennt, die aber zu Hunderten an den Wegrändern steht, sieht genauso aus wie die Kralle einer Katze. Wie ein Blitz läuft es durch seine Erinnerung: Diesen Samen hatte er schon einmal aufgehoben und einer Frau – irgendeiner Frau – in die Hand gelegt. Wo, wann war das? Er kann sich nicht erinnern; der Vorhang der Erinnerung schließt sich so schnell, wie er sich geöffnet hatte. Nachdenklich notiert er: ‚*Die Natur in ihrer wunderbaren Weisheit schafft doch immer wieder dieselben oder ähnliche Formen und Strukturen*‘.

Erst im Herandunkeln der Nacht tritt Leonardo den Rückweg an. Dieweil der Abend die Rebstöcke an den Hängen mit Schatten überzieht, steht der Gebirgszug im Licht der untergehenden Sonne. Während man in den Häusern im Tal nun schon Kerzen entzünden muss, entflammt der Berg noch einmal: erst goldorange, dann hellrot, dann immer dunkler werdend, aber immer noch strahlend, bis auch dieses zauberische Licht irgendwann verlischt. Für einen kurzen Augenblick scheint im wässrigen Abendgrau das ganze Gebirge sich erheben und einfach davonschweben zu wollen. Was bleibt, ist ein hell-klares Firmament, darauf der Abendstern, der gemeinsam mit der scharf umrissenen, schmalen jungen Mondsichel das Himmelsbild beherrscht. Die Luft ist mild, doch gleichzeitig frisch, klar und von einer nie vorher erlebten

Durchsichtigkeit. Die Zikaden ruhen sich aus, nun übernehmen die nächtlichen Grillen mit ihrem zarten Zirpen. Die nun immer deutlicher zu hörenden Töne bellender Hunde kommen von Dörfern weither.

Kurz vor dem Haus seines Onkels entdeckt Leonardo am Wegesrand eine junge Bäuerin, die vor einer Mauernische kniet und betet. In der kleinen Vertiefung steht eine schmale Madonnenstatue. Leonardo fällt augenblicklich seine eigene Mutter Caterina ein – wie oft mag sie vor einer solchen Nische, vielleicht sogar dieser hier, gekniet und um eine glückliche Geburt, eine gute Ernte oder Gesundheit gebetet haben? Eine Welle warmen Gefühls überströmt ihn, und er muss sich eine Träne aus dem Auge wischen. Auch wenn er es einmal unter der Überschrift ,Anatomie' vermerkt hat, fällt ihm nun ein: ,Tränen kommen aus dem Herzen und nicht aus dem Gehirn.' Und ihm kommt ein in seiner Jugend oft gehörtes Lied von Lorenzo de´ Medici in den Sinn: ,Wie schön ist die Jugend, doch sie entflieht schnell. Wer glücklich sein will, nutze sie ... Es gibt keine Gewissheit über das Morgen.'

Im Juli 1504 stirbt Leonardos Vater, Ser Piero, der zuletzt in der Via Ghibellina unweit der alten Werkstätte Verrocchios wohnte. In seinen letzten beiden Ehen hatte er neun legitime Söhne und einige Töchter gezeugt. Leonardos Beziehung zu seinen Halbgeschwistern ist nicht gut, und es soll noch unerfreulicher werden. Aber erst einmal hat er andere Sorgen, denn noch immer werkelt er an der Anghiari-Schlacht herum. Indes schlagen alle Versuche mit seinen für den Ölfarbenauftrag erfundenen Untergründen fehl.

Wieder einmal hilft ihm die Flucht. Charles II. d´Amboise, Gouverneur des französischen Königs in Mailand, lädt den Künstler nach dort ein, und die Signoria von Florenz gestattet ihm, dieser Einladung für die Dauer von drei Monaten zu folgen. Leonardo kommt dem mit Freude nach, und als die drei

Monate um sind, schreibt er an den französischen Statthalter mit der Bitte, seinen Urlaub in Mailand zu verlängern – er ist wieder mit den Wissenschaften, der Anatomie, der Geologie und der Botanik beschäftigt.

Unwillig nach Florenz zurückzukehren und dort von der Signoria zur Ausführung der Anghiari-Schlacht gedrängt zu werden, kommt er sogar auf den Gedanken, ein Schreiben an Sultan Bayezid II. zu richten. Wie er hörte, plant der orientalische Herrscher, eine Brücke über den Bosporus zu bauen. Wer könnte als Architekt besser geeignet sein als er, der die Gesetze von Natur und Proportion intensiv studiert hat? Aber seine Bewerbung läuft ins Leere.

Da kommt es ihm zupass, dass der französische Gouverneur den Florentiner Rat wissen lässt, wie sehr sein König den Maler und Architekten weiterhin in seinen Diensten wünsche. Das entbindet Leonardo nun auch offiziell von der Last des ungeliebten Schlachtenbildes und lässt ihn nach außen hin sein Gesicht wahren. Außer einigen Zeichnungen und einem Karton zur Komposition des Wandbildes wird nichts von dem Vorhaben bleiben.

Wenigstens ist er nicht der Einzige, der vor einer unlösbaren Aufgabe flieht. Bereits ein Jahr zuvor hat Buonarroti Florenz verlassen; der Rivale wurde nach Rom berufen, wo Papst Julius II. ihn mit wichtigeren Arbeiten betraut, nämlich seinem Grabmal. Später wird er dem Papst das Deckengewölbe der Sixtinischen Kapelle ausmalen. Auch bei Michelangelo kommt das Vorhaben letztlich über eine Kartonskizze nicht hinaus. Auch seine Schlacht bleibt, bildlich gesprochen, ungeschlagen – so wie die Leonardos.

Der ist indes weiter auf der Suche nach dem Idealbild der Frau. Dabei ist er ihr schon längst begegnet, schon lange bevor er Florenz verlässt, lange vor dem Auftrag zur Anghiari-Schlacht. Und sie soll ihn nie mehr loslassen.

Monna Lisa del Giocondo ist keine Madonna, auch keine Adelige oder Gespielin eines mächtigen Mannes. Es handelt sich um die Frau eines Florentiner Kaufmanns und Seidenhändlers – und um eine Mutter. Für Leonardo aber und die Betrachter seines Gemäldes ist sie die reinste weltliche Madonna, die Frau schlechthin. Das Bildnis bringt schon im unfertigen Zustand Künstlerkollegen dazu, es zu kopieren und Skizzen von der Komposition anzufertigen.

Leonardo hat mit Leinen in seinem Innenhof eine Art Markise konstruiert, die es ihm ermöglicht, den Einfall des Lichts zu regulieren. Um jeden Preis vermeidet er direkte Sonne, die alles zu hart erscheinen lässt. Er bevorzugt bewölkte Himmel und ein diffuses Licht, das wie hinter Nebelschleiern hervorkommt und alles in ein weiches Leuchten taucht. So auch sein ihm geduldig sitzendes Modell.

Er unterhält Monna Lisa mit Musik und Fabeln. Leonardo ist ein hervorragender Erzähler und erheitert die Dame unter anderem auch mit der folgenden Scherzgeschichte:

„Ein Priester, der am Abend vor Ostern in seiner Gemeinde herumging, um – wie es Sitte ist – geweihtes Wasser in den Häusern zu verspritzen, kam in die Werkstatt eines Malers, und daselbst spritzte er sein Heiliges Wasser auch über dessen Bilder. Der Maler fuhr herum und fragte den Priester ärgerlich, warum der seine Bilder nass mache. Der Priester antwortete, dass es eine Tradition und seine Aufgabe sei, mit der er Gutes tue; und dass derjenige, der auf der Erde Gutes tut, auf eine hundertfache Belohnung von oben, vom Allerhöchsten, rechnen dürfe. Der Maler wartete, bis der Priester das Haus verließ, ging an ein Fenster im oberen Stock und kippte einen Eimer Wasser über den Priester aus, wobei er rief: ‚Hier ist deine hundertfache Belohnung, von der du gesagt hast, dass sie von oben auf dich kommen wird – dafür, dass du mir mit deinem Weihwasser meine Bilder verdorben hast.'"

Monna Lisa lacht leise in sich hinein. Sie ahnt, warum Leonardo ihr ausgerechnet eine Geschichte erzählt, die von einem Maler handelt. Auch ihr ist die Rivalität der beiden ersten Künstler Florenz´ nicht entgangen, und wenig später bringt sie das Thema darauf. Leonardo hat ihr gerade noch von jener Höhle berichtet, deren Eingang er auf einer Bergwanderung fand, und von der Neugier, der Anziehung und der gleichzeitigen Furcht, die ihm aus dieser unbekannten unterirdischen Welt entgegenschlugen.

So, als habe Lisa durchaus verstanden, dass Leonardo hier neben einer wahren Begebenheit auch ein Gleichnis erzählt, kommt sie – zu Leonardos Erstaunen – auf Michelangelo zu sprechen, ohne jedoch dessen Namen zu nennen. „Meint Ihr nicht, Messer Leonardo, dass diese Gegensätze immer zusammengehören? So als seien Neugier und Furcht Geschwister ... Und könnte es nicht sein, dass wir alle die gleichen Gefühle in uns tragen, seien wir nun aufbrausend und stürmisch oder still und besonnen, und dass der wahre Charakter sich darin ausdrückt, wie ein jeder es vermag, das eine oder das andere in den Vordergrund zu bringen oder aber zu unterdrücken?"

Leonardo schaut erstaunt von seinem Gemälde auf. Dann widmet er sich wieder den feinen Pinselstrichen. „Ich halte es für möglich, dass in jedem Menschen alles angelegt ist. Der Grad unseres Wissens, oder besser noch unserer Erfahrung und Weisheit, entscheidet wohl, wie wir uns entschließen, auf eine Situation zu reagieren."

Er denkt daran, dass dieses Höhlenerlebnis, diese Angst vor dem Ergründen und die daraus resultierende unwiderstehliche Faszination nicht unähnlich seinem Empfinden gegenüber dem

Weiblichen ist, dem verborgenen Geheimnis, besonders wenn es um die körperlichen Aspekte geht. Und ihm fällt Giovanna ein, bei der sein Wissensdurst gesiegt hatte. Ganz anders Monna Lisa. Bei ihr zeigt sich seine Neugier nicht im Eindringen, im furchtlosen Erforschen; es ist eher, als überwältige sie ihn ganz selbstverständlich und lasse ihm gar keine andere Wahl, als sie auf die reinste Art zu lieben ... Ja, Leonardo liebt die Frau, die er gerade malt; das wird ihm in diesem Moment klar, und gleichzeitig wird ihm bewusst, dass er es von Anfang an schon empfunden hat. Diese Liebe strebt nicht nach der körperlichen Erfüllung; es ist auch keine geschwisterlich-neugierige Zuneigung wie die gegenüber Giovanna. Abgesehen davon, dass sie eine ehrbare verheiratete Frau ist: Das, was der Künstler seinem Modell gegenüber empfindet, ist jene Liebe, welche die unsterbliche Seele meint. Er ist, wieder einmal, niemandes Gegenbuhler. Diesmal aber geht es tief wie niemals zuvor – und wie niemals wieder. Er hat seine Seelenpartnerin gefunden und er wird sich mit ihr in diesem Bildnis vermählen.

Erschrocken, als könnte die Frau seine Gedanken lesen, schaut er auf und in ihr Gesicht. Aber Monna Lisa lächelt nur wieder ihr tiefgründiges, wissendes Lächeln.

Wie um sich auch der Intensität dieser Gefühle – zumindest für eine Zeit – zu entziehen, verlässt Leonardo Florenz, damit er sich zunächst um Flussregulierungen am Arno kümmern kann, die aber kläglich scheitern, und um dann dem Ruf des französischen Statthalters nach Mailand zu folgen.

Im gleichen Jahr stirbt sein geliebter Onkel Francesco, nur zwei Jahre nach dem Vater. Der im Jahr darauf ausbrechende Disput mit seinen Halbbrüdern wird ihn noch einmal für kurze Zeit nach Florenz zwingen. Auch wenn Ser Piero immer gewollt hatte, dass *alle* seine Kinder, einschließlich seines Erstgeborenen, nach seinem Tode zu gleichen Teilen erben sollen, verweigern ihm die Geschwister dieses Privileg. Mehr noch: Sie streiten mit ihm auch um den ihm nun wirklich rechtmäßig zustehenden Nachlass seines Onkels, der Leonardo als alleinigen Erben eingesetzt hat.

Wieder einmal wird Leonardo mit seiner im Gegensatz zu den Halbbrüdern niederen Geburt konfrontiert, die ja auch in einer niederen Bildung resultierte. Immer wieder hadert er auch noch als erwachsener und angesehener Mann in seinem Innern mit diesem Umstand und fühlt, dass er sich verteidigen muss. Er schreibt: *,Mir ist es wohl bewusst, dass ich kein Belesener bin und dass es einigen Überheblichen rechtens erscheinen muss, mich mit den Worten, ich sei ein Mann ohne Belesenheit, zu schelten – O törichte Menschen! Wissen sie denn nicht, dass ich ihnen erwidern könnte: Wer sich mit den Arbeiten anderer schmückt, der will mir meine eigenen nicht zubilligen. Sie werden sagen: Weil ich nicht belesen bin, kann ich nicht gut das ausdrücken, was ich abhandeln will. Wissen sie denn nicht, dass meine Dinge weniger aus dem Wort als aus der Erfahrung kommen? Die Erfahrung aber ist die Lehrmeisterin derer, welche gut geschrieben haben, und so nehme auch ich sie als Lehrmeisterin und werde sie in jedem Falle immer wieder als solche anführen.'*

Florenz fordert ihn immer wieder heraus. Die Stadt zerreißt ihn in seiner Gefühlswelt. Seien es seine Herkunft und Bildung, sei es die Anzeige in seiner Jugend wegen Unzucht, oder der spätere Streit mit Auftraggebern über Knebelverträge; sei es die Frau, die Liebe seines Lebens; seien es Konkurrenten wie Botticelli oder Buonarroti, sei es der Erbstreit, das Misslingen des Schlachten-Freskos ... Es scheint, ihm bleibt nur immer wieder die Flucht in den Norden, in die Lombardei. Und tatsächlich geht es ihm dort umgehend besser.

Es tritt sogar ein neuer Francesco in sein Leben.

Er kennt den jungen Mann bereits, der sich im Jahre 1506, fünfzehnjährig, bei ihm vorstellt. Francesco Melzi ist der Sohn einer Mailänder Nobelfamilie, die Leonardo bereits während seines siebzehnjährigen Wirkens an Ludovico Sforzas Hof kennengelernt hatte. Schon damals war ihm der Junge aufgefallen: wach, interessiert, intelligent und wohlerzogen, war er in seinem Wesen das ganze Gegenteil von Salai. Und selbst wenn Salai jetzt immer noch zum Haushalt Leonardos gehört und mittlerweile ein Mann von sechsundzwanzig Jahren ist, charakterlich hat er sich kaum verändert. Immer noch ist er ein windiger Bursche, der glaubt, ihm müssten gebratene Kapaune in den Mund fliegen. Einzig seine Schönheit, das engelgleiche Gesicht und die wunderbaren Locken, die seit seiner Kindheit ein starker Anziehungspunkt für Leonardo gewesen waren, haben sich erhalten, und so dient er auch noch jetzt als Modell für vielerlei Zeichnungen und Gemälde. Ansonsten frönt er seiner Malerei und seinen Lüsten.

Francesco hingegen hat eine sanfte, ruhige Art. Er will in Leonardos Dienste treten und muss nicht lange bitten. Leonardo kommt dem Wunsch der Familie Melzi und des jungen Mannes, den er in seiner Erinnerung gerade eben noch als Kind auf den Armen getragen hatte, gerne nach. Francesco wird seine rechte Hand, sein Sekretär, Vertrauter und enger Freund; er wird seine fast ausschließlich in Spiegelschrift geschriebenen Traktate und Tagebuchblätter ordnen. Außerdem entwickelt er sich im Malen neben Giovanni Boltraffio zu einem seiner begabtesten Schüler. Francesco, der schon als Kind seine Leidenschaft für das Zeichnen und Malen entdeckt hatte, wäre jetzt ohne Leonardo verloren, denn hätte er seine vorgezeichnete Laufbahn eingeschlagen, dann hätte er die Kunst wohl aufgeben müssen. So aber ist er nun an der Quelle malerischen Wissens und nimmt, wie schon Giovanni, alle Lehren des Meisters begierig und fruchtbringend auf.

Eine der Regeln, die Leonardo seinen Schülern vermittelt, ist diese: „Fehler erkennt man immer eher in den Arbeiten anderer als in den eigenen Werken. Um diese Ignoranz zu vermeiden, werdet Meister in den Gesetzen der Perspektive, studiert die Proportionen des Menschen und der Tiere und auch gute Architektur."

Er lehrt auch: „Ein Maler, der klobige Hände hat, wird ähnliche Hände in seinen Werken malen, und dasselbe wird mit jedem Körperteil geschehen, sofern er in langen Studien nicht gelernt hat, dieses zu vermeiden. O Maler, schau sorgfältig darauf, welcher Teil deines eigenen Körpers ungünstig geraten ist, und arbeite mit Sorgfalt daran, dieses in deinen Studien zu korrigieren."

Jetzt, da er diesen Hinweis vernimmt, fällt Francesco ein, dass es ihm schon öfter so vorgekommen war, in Gemälden berühmter Zeitgenossen durchaus immer ein gleiches Aussehen der Nase entdeckt zu haben, wie sie auch dem Künstler eigen war, oder aber auch eine immer wieder ähnliche Form der Augen oder der Hände.

Die Benutzung von Spiegeln ist Leonardo sehr wichtig. „Ich sage euch, wenn ihr malt, dann habt immer einen flachen Spiegel bei euch. Und schaut so oft wie möglich durch diesen Spiegel auf eure Arbeit. So wird sie euch, da ihr sie seitenverkehrt seht, wie die Arbeit eines anderen erscheinen, und ihr könnt Fehler besser erkennen. Auch ist es gut, sein Gemälde so oft wie möglich zu verlassen und etwas anderes zu tun. Wenn ihr dann zurückkommt, werdet ihr ein besserer Richter über euer Werk sein. Wenn man zu nahe an seiner Arbeit ist, dann wird man oft getäuscht. Deshalb sucht Abstand, damit ihr euer Werk im Ganzen betrachten und mehr in euch aufnehmen könnt. Nur so könnt ihr auch Fehler und falsche Proportionen erkennen."

Und noch etwas hat Leonardo herausgefunden: Obwohl er niemals ein Selbstporträt auch nur hatte malen wollen, so hatte er doch studiert, wie man das eigene Gesicht sieht. „Wenn du einen unvoreingenommenen Blick auf dein eigenes Gesicht nehmen willst, so reicht ein Spiegel nicht aus, denn darin siehst du dich immer noch mit eigenen Augen, so wie du auf das Bild schaust, das du gerade malst. Erst wenn du dein Spiegelbild erneut spiegelst, so wie du dein Gemälde spiegelst, bekommst du einen durch deinen Geist unverfälschten Eindruck von dir selber."

Francesco empfindet diese Hinweise als sehr hilfreich und fügt sie freudig und erfolgreich in seine eigene Arbeitsweise ein. Da der Meister das Porträt der Monna Lisa mit sich nach Mailand genommen hat und immer wieder einmal daran — besonders an dem Hintergrund — arbeitet, gestattet er Francesco sogar, zeitgleich dazu eine genaue Kopie des Gemäldes anzufertigen.

Um 1508 hat Leonardo mit seinem Haushalt wieder ein eigenes Haus im Stadtteil Santa Babila an der Porta Orientale. Es geht ihnen gut. Der Meister seziert an der Universität in Pavia Leichname und macht vielfältige anatomische Skizzen. Er studiert die Gesetzmäßigkeiten des Feuers, des Wassers und der Gezeiten, beschäftigt sich mit dem Mond und der Hydraulik und jagt zumindest gedanklich seinem alten Traum vom Fliegen nach.

Bisher hat Leonardo vieles, wenn nicht alles, was sich in seinem Haushalt vollzog, selber überwacht. Angesichts der einerseits immer weniger werdenden Lebenszeit und andererseits im Lichte all der Dinge, die er noch erforschen, und der Orte, an die er reisen will, fühlt Leonardo allerdings, dass er auch die Haushaltsführung — zumindest in Teilen — in andere Hände legen möchte. Auch hier erweist sich Francesco als zuverlässige und vertrauenswürdige Hilfe. Er ist ein guter

Planer, Organisator und Rechner. Er kann verhandeln und tritt gegenüber Dritten mit ebensoviel Freundlichkeit, Charme und Selbstbewusstsein auf, wie er im Privaten eher Zurückhaltung zeigt. Fast unmerklich erledigt er mit leichter Hand alle die Dinge, die Leonardo nur unnötig belasten könnten.

Ein Lächeln huschte über das Gesicht des Kranken, während Marguerite ihm mit einem kühlen, in Wasser getränkten Tuch erst über die Lippen strich und es ihm dann sanft auf die Stirn legte. Vor Leonardos innerem Auge sah er seinen Lieblingsschüler Francesco, diesen grundanständigen jungen Mann. Keiner hätte eine bessere Vorstellung davon geben können, wie Leonardo sich seinen eigenen Sohn gewünscht hätte, wäre dieses ein Teil seines Lebens gewesen. Aber er spürte kein Bedauern, denn er hatte ihn ja gehabt, diesen Sohn, so wie er viele mögliche Söhne gehabt und erlebt und erzogen hat: die Schönen aber Unbegabten, die Verzagten, die Wagemutigen, kleine und große Teufel, Träumer wie er, Phantasten ... und Francesco. Es hatte ihm an nichts gemangelt, er hatte alles erlebt, allem voran die ganz große Liebe – zu einem Sohn wie zu einer Frau. Irgendwie war es wie mit seinen Aufzeichnungen: Man konnte sie nicht direkt lesen, nur mit einem Spiegel, denn sie waren in Spiegelschrift geschrieben. Man konnte auch Leonardos Leben nicht direkt lesen, nur mit einem offenen Verstand und einer verstehenden Seele; aber es war alles da, groß und echt und nur ein ganz klein wenig anders, als es sich die Mitmenschen seiner Zeit vielleicht zwingend vorstellten.

Von Leonardo allerdings war in dieser Sache jeglicher Zwang abgefallen.

1512 werden die Franzosen aus der Lombardei vertrieben; der neu eingesetzte Mailänder Herzog Massimiliano Sforza ist der Sohn Ludovicos, der 1508 in französischer Gefangenschaft gestorben ist. Es wird ein dreijähriges Intermezzo sein zwischen zwei französischen Machthabern: Ludwig XII. und dem kommenden König, Franz I.

Doch egal, Leonardo ist wieder zu Diensten. Und während die Medici, insbesondere die Lorenzo-Söhne Giovanni und Giuliano, nach Florenz zurückkehren, sieht er zu dieser Zeit den Mailänder Herzog Massimiliano als seinen Dienstherrn an. Zumindest bis zum September 1513.

In dieser kurzen Mailänder Zeit fühlt sich Leonardo wieder so frei wie lange nicht mehr. Er ist an keine Aufträge gebunden wie noch in Florenz; man lässt ihn mit seinen Forschungen gewähren und – wieder – mit seinen Frauen. Weiterhin malt er an der ‚Monna Lisa', er verwandelt aber nun endlich auch seine vielen Entwürfe zur ‚Anna Selbdritt' in ein Gemälde, und daneben hat er eine neue Frau auf der Staffelei. Dieses Mal ist es die mythische Leda, Mutter unter anderen der Zwillingsbrüder Castor und Pollux, geboren aus einer Beziehung zu Zeus. Dass der Göttervater sich für Leda ausgerechnet in einen Schwan verwandelte, der nicht gerade ein Sinnbild für Potenz ist, interessiert Leonardo dabei nicht. Überhaupt ist, bei aller Vorliebe für Vögel, Leonardos Enthusiasmus für den Schwan an dieser Stelle nicht besonders groß. Die Mühsal des Vogels beim Aufsteigen und Fliegen kann sich nicht mit seiner Eleganz auf dem Wasser messen. Niemals wird ein Schwan sich wie ein Adler leicht in die Lüfte erheben, um im aufstrebenden Wind der Gebirgshöhen beinahe ohne Flügelschlag dahinzugleiten.

Auch die allgemeine Gepflogenheit, Leda und ihren Geliebten Götter-Schwan beim Geschlechtsakt zu zeigen, interessiert Leonardo nicht. Deshalb hat er bei einer seiner Skizzen dem Vogel auch eher eine Nebenrolle zugewiesen. Sie zeigt Leda, die aufmerksam verfolgt, wie aus den Eiern gerade ihre zwei Zwillingspärchen schlüpfen. Der Schwan darf seine Geliebte gerade noch liebevoll am Ohr schnäbeln. Leonardo interessieren – wie immer, und so wie auch in seinen Madonnenbildnissen – jene geheimnisvollen Vorgänge zwischen einer Mutter und ihren Kindern, die Mysterien der Mutterschaft. Und ganz nebenbei verarbeitet er in verschiedenen Skizzen zum Kopf der Leda seine Kenntnisse, die er beim Studium der Natur gewonnen hat: Auf einer Kopfstudie sind die Haare der Leda in kunstvoller Weise geflochten, und wer jene Strähnen betrachtet, die sich aus dem Geflecht gelöst haben, wird an Strudel von Wasserläufen erinnert oder an langes, im Winde sich bewegendes Gras.

Die zweite Fassung der ‚Felsengrottenmadonna', die er den Brüdern von der Unbefleckten Empfängnis noch schuldig ist, malt er gemeinsam mit Ambrogio de Predis in dieser Zeit noch fertig – das ist die einzige Auftragsarbeit, die ihn drückt. Aber der Druck ist nicht allzu heftig; gerne überlässt er dem Kollegen den Löwenanteil der Arbeit, die Bezahlung und auch die Ehre.

1513 hält sich Leonardo einige Monate auf dem Landsitz der Familie Melzi in Vaprio d´Adda auf. Der junge Francesco ist ihm schnell ans Herz gewachsen und weckt in ihm die Hoffnung, dass unter seinen sorgenden, sichtenden und sortierenden Händen aus den vielen unsortierten Manuskriptseiten das eine oder andere geplante Werk doch noch veröffentlicht werden könnte.

Derweil entwickeln sich die Dinge auf der politischen Bühne schnell. Giovanni di Lorenzo de´ Medici, gerade nach Florenz zurückgekehrt, wird 1513 zum neuen Papst gewählt. Während er sich in Leo X. verwandelt, soll sein jüngerer Bruder Giuliano nun die Regierungsgeschäfte in Florenz leiten, nur hat der dazu gar keine Lust. Kurz entschlossen legt er das Staatsamt in die Hände seines Neffen. Welch eine Umkehrung der Geschichte: Ludovico Sforza hatte jahrelang versucht, seinen Neffen aus dem Weg zu räumen, um Herzog von Mailand zu werden. Giuliano aber ist kein Sforza; als Lebemann und Mäzen will er das Leben, die Künste und die Frauen genießen – viel Zeit wird ihm dazu eh nicht bleiben, aber das weiß er ja noch nicht. Kurzerhand folgt er seinem Bruder nach Rom und lädt Leonardo ein, mit dessen Haushalt ebenfalls dorthin zu siedeln. Dem kommt die Gelegenheit gerade recht, denn die Zeiten in Mailand sind nach wie vor politisch unsicher. Immer wieder stehen die Franzosen begehrlich vor den Toren der Lombardei.

So kommt es, dass Leonardo noch im selben Jahr wieder einmal seine Sachen packt und mit Salai, Melzi, seinen Schülern und Angestellten via Florenz nach Rom zieht, wo er auf Einladung Giulianos in den Vatikanischen Sommersitz, die Villa Belvedere, einzieht.

Dort widmen sie sich – natürlich neben dem Malen – dem Studium von mathematischen und naturwissenschaftlichen Problemen und betreiben überhaupt Forschungen aller Art. Dazwischen unternimmt Leonardo zahlreiche Reisen, unter anderem nach Parma. Auch arbeitet er immer wieder an neuen Kanalsystemen, um die Regulierung der Flüsse voranzutreiben. Und in Rom studiert er antike Gebäude und deren Architektur. Er ist, trotz seines Alters von über 60 Jahren, höchst umtriebig und produktiv.

In Frankreich regiert seit Januar 1515 ein neuer König, der gerade zwanzigjährige Franz I. Und bevor der seinen einundzwanzigsten Geburtstag feiert, hat er Mailand eingenommen und damit die Lombardei zurückerobert. Im Dezember desselben Jahres ist Leonardo beim Treffen des

Königs mit Papst Leo X. in Bologna dabei, bei dem ein Konkordat ausgehandelt werden soll.

Der junge König ist ein Kind der Renaissance, deren Einfluss sich allerdings gerade erst jetzt, auch durch Zutun des Monarchen, nach Frankreich ausweitet. Er ist von der Malerei, den Skulpturen und vor allem von der Architektur dieser aufregenden Epoche begeistert und betätigt sich frühzeitig als Kunstmäzen. Sein Interesse ist es, all diese Dinge und vor allem die Künstler zu sich über die Alpen zu holen. Allerdings sind einige der erfolgreichsten Maler und Bildhauer, wie zum Beispiel Michelangelo oder Raphael Santi, nicht zu bekommen; sie haben verpflichtende Auftragsarbeiten in Rom oder Florenz auszuführen, die teilweise mehrere Jahre in Anspruch nehmen werden.

Da ist es ein Glücksfall, dass der König in Bologna Leonardo begegnet. Franz I. ist nicht gerade schön zu nennen mit seiner langen, hakenähnlichen Nase und den auseinanderstehenden Augen, aber er ist eine stattliche Erscheinung, die körperliche Kraft ausstrahlt; in dieser Hinsicht ist er durchaus dem jungen Leonardo ähnlich. Franz liebt das Reiten und Jagen genauso wie die Musik und das Schreiben, auch hier gibt es einige Gemeinsamkeiten.

Aber wie schon gesagt, er ist noch ein junger Mann, und hier trifft er auf einen Älteren, der allerdings in Mailand bereits seinem Vorgänger beziehungsweise dessen Statthalter zu Diensten war. Schon immer konnte Leonardo gut mit den Franzosen, und irgendwie bleibt sowieso alles 'in der Familie', denn Leonardos ehemaliger, nun leider früh verstorbener Gönner und Mäzen Giuliano de´ Medici hat eine Witwe hinterlassen, die gleichzeitig die Tante des französischen Königs ist. Und selbstverständlich wäre es für Franz I. etwas Besonderes, eine Perle wie Leonardo in seiner Krone zu haben. Sollte der die königliche Einladung annehmen, so hätte er nicht nur alle möglichen Pläne und Ideen im Kopf, sondern auch einige der im Moment am meisten diskutierten Bildnisse im Gepäck.

Also ergeht formell eine Einladung an den Künstler, in die Dienste des französischen Königs zu treten und zu diesem Zwecke nach Frankreich umzusiedeln. Als Wohnsitz wird ihm das kleine Schlösschen Cloux angeboten, das sich nur einen Steinwurf entfernt vom königlichen Schloss Franz I. in Amboise befindet. Ein ansehnliches Einkommen steht ebenfalls in Aussicht.

Dies alles sowie sein Alter und die in Italien recht unsicheren, immer wieder wechselnden politischen Verhältnisse lassen Leonardo auf das Angebot eingehen. Und so kommt es, dass er sich gegen Ende des Jahres 1515 geistig und auch ganz praktisch auf seinen ganz sicher letzten großen Umzug vorbereitet. Leonardo verbringt die letzten dunklen Winterabende im Kreise der ihm verbliebenen Schüler in seiner alten Heimat.

An einem dieser Abende sind nur Leonardo und Francesco im Haus. Sie sitzen gemeinsam im Atelier vor dem Kamin. Der junge Mann macht, was er meistens tut: Er ordnet Tagebuchseiten und Blätter. Und er ist erstaunt, in wie vielen seiner Aufzeichnungen Leonardo im Vergleich mit der Poesie, der Bildhauerei und anderen Künsten immer wieder für die Malerei als die allerhöchste und allergöttlichste plädiert, beinahe wie ein Anwalt, der unter allen Umständen seinen Mandanten zu verteidigen hat.

Der Meister hingegen sitzt vor dem Bildnis der Monna Lisa und schaut versonnen auf die Frau. Normalerweise hat er das Bild von einem Tuch verdeckt; nur wenn Besuch kommt oder in solchen stillen Stunden nimmt er es beiseite und betrachtet sie. Jetzt, im Dämmerlicht, scheint es beinahe, als lebe sie, als könne man einen schwachen Puls an ihrem Hals wahrnehmen und sehen, wie das Blut ihre Wangen leicht rötet. Leonardo reißt sich aus seinen Gedanken. „Francesco, leg doch einmal die Papiere nieder. Komm, trink einen Becher Wein mit mir und entspanne dich ein wenig."

Francesco reißt sich von seiner Arbeit los und schaut den Meister an, der ihm noch einmal, zur Unterstützung des eben Gesagten, zunickt. Der junge Mann gehorcht. Er steht auf, füllt einen Becher mit Wein und einen zweiten für seinen Meister, und setzt sich dann zu ihm. Leonardo lächelt ihn an. „Danke!"

Auch die anderen Frauen in Leonardos Leben sind mit ihnen hier im Atelier: Die Leda, die heilige Anna mit ihrer Tochter Maria ... aber einzig Monna Lisa ist so aufgestellt, dass sie die gemütliche abendliche Runde mit den beiden Männern – dem alten und dem jungen – zu teilen scheint.

Während Francesco langsam und bedächtig den Wein trinkt, beobachtet er aus dem Augenwinkel seinen Meister, dessen Blick nun wieder auf der gemalten Lisa ruht. Dabei stellt er sich die gleiche Frage, die sich wohl schon ein jeder aus dem Kreis von Leonardos Schülern und Mitarbeitern einmal gestellt hat, nämlich ob dieser Mann schon einmal eine reale Beziehung zu einer Frau hatte. Dem Forscher in ihm traut er es zu, aber an eine Liebesbeziehung glaubt Francesco nicht. Selbst was manche sagen, dass sein Meister den Männern zuneigt, kann er nicht glauben; zu sehr liebt und verehrt er die Frauen, und zu oft hat er sich gegen alles Geschlechtliche ausgesprochen. Francesco glaubt, der Meister hat sein ganzes Leben lang die Erotik gesucht, aber wohl zölibatär gelebt. Doch noch bevor Francesco dies zu Ende denken kann, und als ob Leonardo die Gedanken seines Gegenübers erraten würde, hebt dieser an zu sprechen. „Du musst immer die Frauen ehren, Francesco, denn sie vollbringen Großes."

„Wie meint Ihr das, Meister?" fragt der verdutzte Schüler zurück.

Leonardo schaut ihm gerade ins Gesicht. „Sie sind uns Künstlern ähnlich, sie erschaffen." Er nimmt einen Schluck aus seinem Becher, dann fährt er ruhig fort. „Siehst du, die Frauen mögen nicht so viel Muskelkraft haben wie die Männer, aber sie sind auf ihre Weise ungleich stärker. Männer ziehen in den Krieg; sie zerstören, töten, metzeln. Sie kommen, wenn sie den Krieg überleben, oft ohne Körperteile heim, und sie haben dann nicht nur sich, sondern auch andere und deren Leben zerstört. Frauen aber sind stark; sie können gebären und schaffen neues Leben. Sie können, in den meisten Fällen jedenfalls, viele Kinder haben und sie kommen doch immer wieder auf sich selbst zurück. Das macht sie so liebenswert."

Francesco denkt bei diesen Worten an ein paar neue Zeichnungen und Gemälde, die in der letzten Zeit in der Werkstatt entstanden sind. Da ist dieser androgyne Engel, der mit einem beinahe weiblichen Gesicht, verführerisch, ohne Scham, den Betrachter anschaut. Er scheint auch eine weibliche Brust zu haben. Schaut man aber an ihm herunter, so enthüllt er unter einem durchsichtigen Gewand, dass er tatsächlich ein Mann sein muss; seine Erregung ist deutlich dargestellt.

Dann sind da die Zeichnung sowie das Bildnis der nackten ‚Monna Vanna'. Auch sie soll eine Frau sein, hat eindeutig weibliche Brüste; jedoch ist das Gesicht seltsam männlich, ja es erinnert doch sehr an Salai. Dabei ist die gesamte Komposition der ‚Monna Lisa' ähnlich, aber es ist eben nicht ein nacktes Bildnis der Lisa del Giocondo. Man kann schon sagen, dass in Leonardos Werkstatt unter den Schülern und Mitarbeitern eine offenherzige, erotische Stimmung herrscht.

Und endlich gibt es auch das Bildnis eines eindeutigen Mannes, des Heiligen Johannes des Täufers, dessen zarte

Gesichtszüge allerdings wieder denen des androgynen Engels gleichen und doch die des anderen Lieblinsschülers, Salai, sind. ‚Er malt', so geht es Francesco durch den Kopf, ‚was er denkt. Die Liebe ist für ihn universell. Er unterscheidet nicht zwischen Geschlechtern und auch nicht zwischen Gefühl und Körperlichkeit. Aber er würde wohl immer das Gefühl dem körperlichen Drang vorziehen.'

Mit seinem ungewöhnlichen Weltbild, mit seiner Sicht auf die Frauen, hatte Leonardo schon so manchen hohen Herrn beeindruckt, auch seinen letzten Gönner Giuliano de´ Medici. Und er hatte eine ganze Malergeneration dazu befähigt, Frauen anders zu sehen und darzustellen. Nun erstaunt er damit jenen Gefährten, den er mehr und mehr als seinen Sohn empfindet.

Derweil denkt Leonardo über den Begriff der Schönheit nach. Ein dem Auge angenehmes Äußeres geht nicht immer mit Talent einher, das haben einige von Leonardos Schülern bewiesen. Er hatte sie stets auch nach ihrer Erscheinung ausgewählt, da er sich zu schönen Menschen hingezogen fühlt. Francesco ist ebenfalls ein nicht nur kluger, sondern vor allem gutaussehender junger Mann. Er hat daneben aber auch das Zeug zu einem wahrlich empfindsamen und meisterlichen Maler. Das haben seine ersten Kopien und Bilder bereits bewiesen.

Während Leonardo sich diesen Gedanken hingibt, hat sich Francesco wieder den Unterlagen zugewandt; im Kamin knistert das Feuer. Für einen Außenstehenden, der zum Fenster hereinschaute, könnte die Szene an eine Familie erinnern: Mutter und Vater im Gespräch mit dem erwachsenen Sohn.

Dieser Sohn wird seinem Ziehvater noch in vielerlei Hinsicht gerecht werden.

1516 begibt sich Leonardo auf den Weg nach Frankreich. Begleitet wird er von seinem Mailänder Diener Battista de Vilanis, seiner Köchin Maturina, Francesco Melzi und Salai. Für Letzteren ist klar, dass er nicht dauerhaft in Frankreich bleiben, sondern gelegentlich zwischen Mailand und Amboise hin- und herreisen wird. Salai hat die berechtigte Aussicht, die Hälfte von Leonardos Weingut zu erben, das schon sein Vater gepachtet hatte. Und er hat sich dort bereits ein Haus bauen lassen, in dem er leben möchte. Auf der anderen Seite schielt er aber auch darauf, Leonardos Gemälde nach dessen Tod in seinen Besitz zu bringen. Denn zumindest die drei wichtigsten davon begleiten den Meister ebenfalls über die Alpen: die Damen Anna, Maria und natürlich Lisa, sowie der verführerische Johannes.

Sie starten vom Piemontesischen Turin aus. Zunächst geht es entlang der Dora Riparia, eines Nebenflusses des Po, nach Bardonnecchia und dann aufwärts in Richtung des Col de Fréjus. Für die nordwestliche Überquerung der Alpen haben sie Maultierführer verdungen, die nicht nur die sicheren Wege durch das Gebirge wissen, sondern sich auch mit den Hütten zur Unterkunft und vor allem mit dem Wetter auskennen.

Trotzdem er schon weit über sechzig Jahre alt ist, so ist Leonardo noch immer kräftig genug, um gut auf dem Maultier reiten zu können, wie er es ein Leben lang bei Reisen und Ausflügen getan hat. Aber er liebt es auch, immer wieder zu Fuß vom Weg abzugehen und eigene Entdeckungen anzustellen, bei denen ihn Francesco stets begleitet; immer besorgt um den Meister, dass er sich keine Verletzung zuziehen möge. Die Gebirgsführer wissen genau, wo es Fußwege gibt, die parallel zum Maultierpfad laufen und doch wieder auf den vorgegebenen Weg stoßen oder aber auch, wo man gerade zu dieser Jahreszeit besser nicht vom Pfad abweichen sollte.

An einer Stelle bietet sich ein kleiner Ausflug auf einem solchen Nebenweg an. Leonardo läuft den schmalen seitlichen Fußpfad hinunter, der dann wieder ein wenig hinauf führt und den Blick zurück über das Piemont und in der Ferne bis in die Lombardei hinein erlaubt. Er schaut jedoch nur kurz zurück, bevor er mit festem Schritt weitergeht, während Francesco stehengeblieben ist. Der junge Mann ist ganz ergriffen, so als werde ihm jetzt erst klar, dass er sein Heimatland für eine unbestimmte Zeit, vielleicht für immer, verlässt. Plötzlich wird ihm ganz schwer ums Herz. Ihm wird bewusst, dass diese Entscheidung endgültig sein könnte, denn wer weiß schon, was ihn in dem fremden Land erwartet? Ob er überhaupt dort ankommen wird, oder ob er nach einem unvorsichtigen Schritt auf einem der Schneefelder ausrutschen oder in eine Felsspalte fallen und dort sterben wird ... Aber noch bevor Francesco sich seinem Abschiedsschmerz und seinen Ängsten hingeben kann, bemerkt er, dass er seinen Meister aus den Augen verloren hat, und eilt dem alten Manne hinterher.

Der ist auf seiner Erkundung hinter einer Biegung verschwunden und steht nun im Anblick des sich vor ihm öffnenden Panoramas. Das gibt den Blick auf den vor ihnen liegenden Weg und auf die das Tal säumenden Gipfel frei. Auch Leonardo hat mittlerweile eine Gefühlswelle erfasst, jedoch ist sie ganz anderer Natur als Francescos Abschiedsgedanken. ‚Könnte ich doch einfach wie ein Vogel über die Berge fliegen‘, denkt er. So dicht und grau und angsteinflößend die riesigen Gipfel vor ihm liegen, von oben würden sie ihm sicher weniger Furcht einjagen, wenn man auf Schwingen sicher über sie hinweggleiten könnte. Respekt schon ... Wie schnell könnte er an seinem Ziel sein, aber das wäre ja gar nicht in seinem Sinne.

Er würde lieber kreisen und schauen. Der größte Gewinn wäre die Sicht von oben, das Überprüfen der Richtigkeit der mannigfachen Karten, die der Künstler im Laufe seines Lebens von ähnlichen Regionen gezeichnet hat, ohne den Luxus des Vogelflugs zu haben, nur aus seiner räumlichen Vorstellung heraus. *Ich kann niemals das Ganze sehen*', denkt Leonardo. *Immer bleibt ein Rest. Ich kann niemals die Sache und gleichzeitig ihren Ur-Grund, ihre Schöpfung sehen ...*' Dieses Bedauern scheint ihn schon ein Leben lang zu begleiten.

Plötzlich hat er wieder ein Déjà-vu. Wie immer ist es ein Moment, den er offenbar schon einmal erlebt hat: Er weiß, was ihm gleich durch den Kopf gehen wird. Aber es wird nicht er sein, der den Gedanken hat, es ist der Junge, der er einmal war. Im Bruchteil eines Moments denkt es in ihm: *Das Wenige, das wir wissen, ist wie Inseln in einem riesigen Meer der Unwissenheit. Unsere Erkenntnis wird immer mehr, aber gemessen an dem, was noch alles unerforscht ist, ist es ein Nichts.*'

So schnell es kam, so schnell ist es auch wieder vorbei, und verwundert schüttelt der alte Mann den Kopf. Wie nah ihm doch gerade eben die so fern erscheinende Kindheit war! Alles scheint gleich und zugleich gegensätzlich zu sein. *Früher, als ich ein Kind war, da erschien ein vor mir liegender Tag wie eine verheißungsvolle, unendlich scheinende Spanne von Zeit, voll von Möglichkeiten. Heute, im Alter, geht jeder Tag vorbei wie ein Windhauch. Ansonsten aber hat sich nicht wirklich viel verändert ...*' – So geht es Leonardo durch den Kopf.

Mittlerweile hat Francesco ihn eingeholt. „Meister, kommt zurück. Ihr werdet stolpern und Euch verletzen, oder Schlimmeres ..." Erst jetzt wird ihm klar, dass seine gerade eben gefühlten Ängste um sich selber eigentlich Leonardo gelten.

Der alte Mann lächelt ob der Fürsorge seines jungen Schülers. Aber er sieht auch, dass ein Weitergehen ab diesem Punkt wirklich schwierig wäre. So stützt er sich nun auf Francescos Arm und beide kehren zurück zu der Stelle, wo sie den Hauptpfad verlassen haben. Der Treck, der ihnen vorausgegangen ist, hat mittlerweile eine Rast eingelegt, damit die Wanderer zu ihrer Reisegruppe aufschließen können. Das bereits abendliche Licht kommt jetzt von hinten. Leonardo kann dessen Quelle nicht sehen, aber es erleuchtet seinen Weg und die vor ihnen sich auftürmenden Berge, und so weist das Licht in die Richtung, in die er gehen muss. In dieser Weise erhellt es das vor ihm Liegende.

„Sei nicht traurig, Francesco, alles wird gut!" Mit diesen Worten versucht er, seinen jungen Gefährten zu trösten, dessen Abschiedskummer er spüren kann. Und zu sich selber murmelt er leise: „Man muss die Sonne hinter sich lassen, um ihrem Licht folgen zu können."

Als der Abend fortschreitet, stehen die Berge trotz des Schnees auf ihren Höhen grau da; darüber ein kleiner Streifen blauen, klaren Abendhimmels. Wieder darüber segeln vor einer schwarzen Wolkenwand kleine, von oben rosa angestrahlte Federwolken. Zwischen zwei Tälern erhebt sich steil, wie der Pfeiler einer Brücke, ein Regenbogen senkrecht in den Himmel. Noch einmal greifen die Gipfel kurz das abendliche Sonnenlicht, bevor es sich ganz für diesen Tag hinter die Berge zurückzieht und nur eine Ahnung von sich selbst in Form eines leicht geröteten, immer matter werdenden Himmels hinterlässt. Später geht der fast volle Mond, in der grandiosen Kulisse beinahe gleichgültig erscheinend, über die Bergkämme, Gipfel und Täler dahin.

Zum Einfall der Dunkelheit erreichen sie eine simple, aber wärmende Hütte. Dort steigen sie für die Nacht ab; die Maultiertreiber versorgen ihre Tiere und entfachen ein Feuer im einfachen Kamin, und dann essen sie ein bescheidenes aber stärkendes Mahl. Später sitzt Francesco am Feuer und hat ein paar lose Blätter und einen Stift in der Hand. Er notiert die verschiedenen Stationen und Eindrücke ihrer Reise. Aus dem Augenwinkel betrachtet er Leonardo, das langsam faltig und alt werdende Gesicht, die feinen, weißen Haare, den langen, ebenso weißen Bart und die zusammengekniffenen, aber immer noch funkelnden Augen. Ihn durchströmt ein tiefes, warmes Gefühl zu seinem Meister. Er beginnt zu schreiben: ‚Ich liebe diesen Mann, seinen sanften Charakter, seine Güte, seinen Freimut. Er ist nobel und tief fühlend. Wahrlich, es gibt einen Adel, der nicht geerbt oder erworben werden kann. Es ist der Adel eines großen Mannes, der sich ganz dem Erforschen des menschlichen Lebens und der Gesetze und Geheimnisse der Natur hingibt. In seiner Zielstrebigkeit und Beharrlichkeit, und in seiner Liebe zu allen Dingen, offenbart sich seine Demut und zugleich seine Größe. Ein solcher Mensch kann einzig vom Objekt seiner Forschungen, von der großen Natur Gottes selber, bezwungen werden ...‘

Francesco erinnert sich seiner Angst an diesem Nachmittag, als er da stand und auf seine Heimat zurückblickte, und schämt sich nun dafür. Wie konnte er heute nur zweifeln an dem, was er tat? Wie konnte er infrage stellen, ob es richtig war, diesem Manne zu folgen? Er schaut wieder zu Leonardo hinüber, und eine Träne rinnt ihm über die Wange. Dann nimmt er den Zettel, den er gerade geschrieben hat, zerknüllt ihn und wirft ihn ins Feuer.

Nach drei Monaten Reise erreichen sie Amboise und ziehen, wie vorgesehen, in das ehemalige königliche Sommerdomizil Schloss Cloux ein, ein rotes Backsteingebäude mit auffälligen Sandsteineinfassungen, das neben einem Hegewald liegt und von einem hübschen Park umgeben ist. Leonardo, kaum heimisch geworden in seinem neuen Haus, wird sofort aktiv. Immerhin trägt er jetzt den Titel „Erster Maler und Ingenieur und Architekt des Königs" und ist ausgestattet mit einer großzügigen jährlichen Pension von tausend écu d'or. Er möchte sich sofort seinem neuen Dienstherrn nützlich erweisen. Und was ihn als Erstes interessiert, ist wieder die Ingenieurskunst.

Auch in Frankreich, und speziell hier im Tal der Loire, trifft man auf große Schwemmgebiete, in denen die Mücken und das durch sie übertragene Fieber herrschen. Schon in Italien war das ja ein Thema: Nicht nur, um die Schiffbarkeit der Flüsse mittels Kanalsystemen zu regulieren, sondern auch um die umgebenden Sümpfe trockenzulegen, hatte Leonardo fieberhaft aber eher erfolglos in den Ebenen des Arno, des Po und im Venezianischen Hinterland versucht, seine Ideen zu verwirklichen. Vielleicht waren seine Pläne zu kühn, seine Vorstellungen zu komplex gewesen, um wirksam umgesetzt werden zu können. Aber auch hier im Tal der Loire und ihrer Nebenflüsse ist er wieder voll von Ideen und Vorstellungen, wie er mittels Kanalisierung die Sümpfe austrocknen und zusätzliches Bauland gewinnen könnte.

Zu diesem Zweck erforscht er in diesem und dem folgenden Jahr die nähere und weitere Umgebung. Dabei führen ihn seine Erkundungen auch zu einem Ort namens Loches, am Fluss Indre, südlich von Amboise gelegen. Hier starb vor acht Jahren sein einstiger Dienstherr Ludovico Sforza, der einst so mächtige ‚Il Moro', im Alter von nur fünfundfünfzig Jahren. War die erste Zeit seiner französischen Gefangenschaft noch von Annehmlichkeiten und gewissen Freiheiten gekennzeichnet, so hatte ein gescheiterter Fluchtversuch dafür gesorgt, dass er seine letzten Jahre ohne jegliche Zerstreuung, ja selbst ohne Bücher, im Verlies des hiesigen Schlosses zubringen musste.

Der ehemalige Mailänder Herrscher war schon jetzt im Dunkel der Geschichte verschwunden, genauso wie ein anderer kurzzeitiger Dienstherr Leonardos, der ehedem so gefürchtete Cesare Borgia. Der Papstsohn überlebte sein einunddreißigstes Lebensjahr nicht und starb, ermordet von seinen Feinden, einen unehrenhaften Tod. Sein Körper war beim Auffinden nackt und sein Gesicht beinahe bis zur Unkenntlichkeit entstellt.

„Im Tod ist alles eitel, und ehemals große Namen und Titel zählen nichts", denkt Leonardo, als er sich dieser Schicksale seiner ehemaligen Herren bewusst wird.

Wie es schon immer war, so ist es auch jetzt: Die Pläne zur Regulierung der Flüsse sind wieder zu wagemutig, zu kompliziert; zu teuer sind sie sowieso. Zudem ist der König wirklich eher an dem Künstler und Architekten in Leonardo interessiert. Er hat genug Bauland entlang der Loire und plant – als seien das von ihm bevorzugte Königliche Schloss in Amboise und die alte Königsresidenz in Blois nicht genug – neue Domizile. Das bereits existierende Château Fontainebleau lässt er im Moment zu einem Schloss im Stil der Renaissance umbauen, wie er ihn aus Italien nach Frankreich mitgebracht hat. Und der Italienische Architekt Domenico da Cortona ist schon beauftragt, das neue Jagdschloss Chambord zu bauen.

Domenico besucht seinen berühmten Landsmann und Kollegen im Schlösschen Cloux, und sie unterhalten sich angeregt über die Pläne zu dem neuen Jagddomizil des Königs. Der Jüngere möchte die Meinung und Expertise des Älteren, Erfahreneren hören und in seine Planungen einfließen lassen. Und wirklich kann Leonardo hier eine einzigartige Idee beisteuern: Wie wäre es, wenn man die große, zentrale, spiralartig in die oberen Etagen führende Treppe so gestaltet, dass sie zweiläufig sei – eine Doppel-Helix. Eine solche Treppe gab es noch nie, und sie böte das einzigartige Phänomen, dass sich hinan- und herabsteigende Personen niemals begegnen würden.

Und wieder ist Leonardo auch Zeremonienmeister. Er richtet Feste aus, mit aufregenden Dekorationen, raffinierten Effekten, mechanischen Spielereien und vor allem mit Musik. Am Hofe des französischen Königs wird viel und gerne getanzt. Der König sieht in all seinen Künstlern deren vielseitige Talente und nutzt sie. Letztendlich wird Leonardo auch noch, gemeinsam mit Domenico, die Hochzeitsfeier Lorenzo II. Medici am Hof von Amboise vorbereiten; ein Ereignis, das gleichzeitig die Geburt des Dauphin, des Thronfolgers, feiert. Lorenzo ist übrigens jener Mann, der seinerzeit aus den Händen seines Onkels Giuliano das Amt der Florentinischen Regierung übertragen bekam, als jener lieber seinem päpstlichen Bruder nach Rom folgen wollte – und Leonardo folgte ihnen nach. Alles hat mit allem und jedem zu tun.

Nicht nur Domenico da Cortona ist Gast im Hause Leonardos, er trifft sich auch mit anderen Künstlern, die am Hofe von Franz I. weilen; außerdem besuchen ihn der Kardinal von Aragón und Abgesandte aus Italien, die ihrerseits nach Hause berichten, wie sie den Meister vorfinden und welche mechanischen Modelle und Gemälde sie in seiner Werkstatt gesehen haben. Natürlich findet die Anna Selbdritt genauso Erwähnung wie der zauberhafte Täufer, vor allem aber die rätselhaft lächelnde Dame ‚La Gioconda‘.

Allerdings berichten sie auch, dass der Maler alt und müde geworden zu sein scheint. Aber auch dem Meister selber bleibt seine schwindende Gesundheit nicht verborgen. Vordergründig ist es das Fieber, das er sich bei seinen Ausflügen in die Sümpfe nun auch selber zugezogen hat. Aber es lässt sich nicht leugnen, dass der Körper, der seinerzeit bei dem jungen Mann in Mailand noch der Pest trotzen konnte, nun allen äußeren Einflüssen mehr oder weniger ausgeliefert ist.

‚Es ist ein Teufelskreis mit dem Alter‘, denkt Leonardo. *‚Wenn man jung ist, dann hat man alle Kraft der Welt, die*

geballte Energie der Jugend, und einen unstillbaren Tatendrang. Man sucht die schnelle Lust, die schnelle Erfüllung, das schnelle Wissen.' Leonardo ist bewusst, dass er nicht an Konventionen gebunden gewesen war wie all die anderen. Das hat ihn wohl gerettet. Aber es ändert nichts daran, dass er in seiner Jugend die Dinge um sich her sah, dass sie ihn faszinierten, dass er sie oftmals aber nicht einordnen konnte und es ihm an Wissen – und vor allem an Weisheit – fehlte.

,Im mittleren Alter beginnen die Dinge dann, ihren Sinn zu enthüllen. Man erkennt Zusammenhänge, der Geist ist in der Lage, sich ein Bild von der Welt – der inneren und der äußeren – zu machen.' Leonardo seufzt. ,Und dann kommt das Alter. Die Augen lassen nach, die Kraft schwindet, man wird vergesslich und wenn es ganz hart kommt, dann fallen Körperteile ganz aus. Plötzlich ist man angewiesen: auf schmerzfreie Tage, auf Hilfe von außen, auf einen klaren Kopf, der die vielen Gedanken, all die Notizen, die Tausende loser Tagebuchblätter ordnet.'

Er ist sich bewusst, dass er in der Malerei einiges erreicht hat, auch wenn es ihn bei weitem nicht befriedigt. Manchmal ist es schwierig, den eigenen Maximen zu folgen, denn hatte er selbst nicht einmal gesagt: ,Ein Künstler, der nicht an sich selber zweifelt, wird nichts Hohes erreichen'?

Aber er spürt auch: Er hat wohl in den besten aller möglichen Zeiten gelebt. Er wurde geboren in ein dem Mittelalter entwachsenes neues Zeitalter, eine Epoche der Wiedergeburt. Kolumbus, die Entdeckung der neuen Welt, die fortschreitende Erforschung Afrikas ..., die sich entwickelnde Mechanik, die Kartographie, die Wissenschaft ...

Und doch ist ihm so vieles nicht greifbar. Manchmal will es ihm erscheinen, als befinde er sich auf der mit dem Architekten Domenico diskutierten zweiläufigen Wendeltreppe: Während er sich in dem einen Aufgang befindet, so ist die Wahrheit, die

Erkenntnis, auf der anderen Seite unterwegs. Man kann sie durch die Öffnungen des Treppenschachtes zwar sehen, aber man kann ihr nicht begegnen, sie nicht greifen.

Andererseits: War er nicht mit seinen Träumen, seiner Phantasie, stets in den höchsten Höhen unterwegs und hatte er nicht von dort in Abgründe geschaut, die sich keinem anderen Menschen je gezeigt haben? Hatte er nicht ein Wissen erlangt, das sich nur auf den Schwingen dieser Phantasie und dieser Träume erwerben lässt? Und doch: Es war ihm verwehrt geblieben, sich wirklich, körperlich, in die Lüfte zu erheben. Ihm fallen seine wehmütigen Gedanken beim Anblick der Alpengipfel auf seinen Weg hierher nach Frankreich wieder ein. Wer weiß, vielleicht wird es eines Tages tatsächlich möglich sein, es zu tun?

An einem dieser Abende, als Francesco einmal mehr mit dem Ordnen der vielen aufgeschriebenen Gedanken seines Meisters beschäftigt ist, hebt Leonardo unvermittelt zu reden an. „Weißt du, Francesco, ich schaue gerne und doch manchmal auch nicht so gerne auf meine Jugend zurück. Wie vieles, was ich damals nicht wusste. Wie vieles auch, das ich mir ganz anders vorstellte als es wirklich ist. Und so vieles, das ich lernte. Und doch weiß ich heute noch so viel weniger als damals ..." Und als Francesco ihn mit großen Augen anschaut, weil er gerade nicht weiß, aus welchen gedanklichen Tiefen Leonardos diese Bemerkung kommt, fügt dieser erklärend hinzu: „Es ist immer so, und auch du wirst es erfahren: Jede beantwortete Frage wirft zehn neue Fragen auf."

Francesco spürt: Die Zukunft, die der Meister nicht erleben wird, schmerzt ihn. Das Fliegen wäre sein größter Wunsch, die größte Erfüllung gewesen, aber auch der Vorstoß in die Tiefen der Meere. Gerade hatte er, Francesco, das Blatt in der Hand, auf dem der Meister früher in seinem Leben seine Vorstellung von einer Tauchvorrichtung beschrieben hatte: „... *wie man mit*

Hilfe einer bestimmten Maschine eine bestimmte Zeitlang unter Wasser verweilen könnte ...', hieß es da. ,Jedoch werde ich nicht beschreiben, wie man unter Wasser bleiben und wie lange man dort ohne Essen auskommen kann ... ich werde es nicht enthüllen und veröffentlichen, wegen der bösen Natur der Menschen, denn sie würden es nur benutzen zum Töten, vom Grund des Meeres aus, indem sie die Schiffe zerstören und versenken und mit ihnen alle, die auf ihnen sind. ' Leonardo war sich immer der Gefahren bewusst, die seine Erfindungen und Entdeckungen mit sich bringen konnten, wenn sie auf das offenbar naturgegebene, feindliche Verhalten der Menschen trafen. Er meinte, nur ein intelligenter Geist könne mit diesen Erfindungen nutzbringend umgehen; deshalb hatte er auch bei vielen seiner Konstruktionszeichnungen eine Art Sicherung in Form von kleinen aber wirkungsvollen Fehlern eingebaut. Ein scharfer Verstand würde diese erkennen und korrigieren können, ein dummer Kopf aber würde niemals in der Lage sein, eine funktionierende Maschine oder Waffe danach zu bauen. Er machte sich hinsichtlich der wahren Natur des Menschen also keine Illusionen. Aber sich deshalb von seinen Erkenntnissen zu distanzieren, kam für ihn auch nicht infrage. Denn weiter hieß es: *,Allerdings will ich eine harmlosere Methode enthüllen, welche nicht gefährlich ist, denn die Öffnung des Schlauchs, durch den du atmest, liegt über der Wasseroberfläche, unterstützt durch Luftsäcke und Kork.'* Die Ausführung und vor allem die Anwendung dessen, was er da beschrieben hat, sind ihm nicht vergönnt gewesen. So wie auch das eigenständige Fliegen.

Francesco seufzt, während ihn ein tiefes Mitgefühl mit dem Meister übermannt, eine Trauer über all das, was diesem genialen Wissenschaftler verborgen und vorenthalten bleiben wird: der Blick in die Tiefen, vor allem aber der Blick von oben aus der Höhe ... die Reise auf den Flügeln des Wissens.

Leonardo leidet lange an den Folgen des Fiebers, aber einmal wird es wieder besser. Zurück zu seiner alten Gesundheit kommt er indes nicht mehr. Vielmehr tritt 1517 an seiner rechten Hand eine Lähmung ein, die ihm fortan das Malen unmöglich macht. Die Hand will ihm einfach nicht mehr gehorchen.

Allerdings hat er noch seine Linke, und da er zeitlebens mit dieser Hand gezeichnet hat, bleibt ihm dieses Ausdrucksmittel – und auch das Schreiben – erhalten.

Eines Tages skizziert er auf einem Blatt eine junge Frau, die inmitten einer Landschaft steht. Man erkennt so etwas wie hohe Gräser oder Schilf, eine Flusslandschaft vielleicht. Aber bei Leonardo war ja alles schon immer eines: Der Fluss des Wassers, der Wellen, seine Wirbel; aber auch die der Luft und sogar des Feuers. Die Bewegung der Pflanzen, das wirbelartige Wachsen mancher Gräser; ... einmal mehr verwirbeltes Frauenhaar, kunstvoll geflochten; dazwischen Strähnen, die sich gelöst haben, wild im Wind wie das Gras, ungebändigt wie das Wasser ... alles ist sich ähnlich. Die Frau steht da in dieser Landschaft und schaut den Betrachter heiter, selbstbewusst an. In ihrem Blick liegt etwas wie eine Aufforderung. Ihre rechte Hand legt sie auf eine Stelle über ihrem Herzen; der linke Arm ist ausgestreckt und weist in die Ferne, auf einen Punkt hin, der außerhalb des Bildes liegt. Leonardo ist, als komme diese Frauengestalt nicht aus ihm, sondern von irgendwo her, aus einer anderen Realität. Als sei sie eine Führerin; eine, die alles weiß, den Weg kennt und zur Not ein Fadenknäuel bei sich hat, um den Ausgang aus jedem Labyrinth zu finden. Ja, Leonardo scheint es, als sage sie ‚*Komm!*' und als könne sie getrost versichern: ‚*Fürchte dich nicht!*'

Weiterhin versieht Leonardo auch seinen Dienst als Ausrichter königlicher Feste, macht sich immer noch Notizen, schreibt Beobachtungen auf und sitzt an langen Abenden oft stundenlang vor seinen Frauen, insbesondere vor der Monna Lisa, deren Bildnis er betrachtet wie ein Witwer es tun würde, mit einem tiefen Gefühl der Liebe im Herzen. Auch empfängt er oft Visiten des Königs, der über einen geheimen unterirdischen Verbindungsgang ins Schloss Cloux gelangt, und er empfängt auch gelegentlich noch Besucher. Stets an seiner Seite ist Francesco, der immer tiefer in die vielen Tausend Blätter aus Leonardos Lebensaufzeichnungen eintaucht und das beinahe unmögliche Unterfangen weitertreibt, die Manuskripte zu sichten, wo nötig zu übersetzen und vor allem thematisch zu ordnen.

Ansonsten wird das Leben um Leonardo herum immer stiller. Große Unternehmungen macht er nicht mehr, aber er hat seine Stellen im neben dem Schloss gelegenen Wäldchen, wo er oft sitzt und sich stundenlang in Naturbeobachtungen ergeht.

Dabei kommen ihm auch die vielen Charakterzuweisungen in den Sinn, die er in seinen Lebensnotizen den Tieren, insbesondere den Vögeln, zuordnete. So beschrieb er den Distelfink als einen Vogel, der sich von sterbenskranken Menschen ab- und wieder Genesenden zuwendet. Dem Wiedehopf attestierte er Dankbarkeit für die Gaben des Lebens und Fürsorge für seine alternden Eltern, ganz im Gegensatz zu den Tauben, die mit zunehmendem Alter ihre Eltern bekämpften und keine Dankbarkeit zeigten. Und auch den sagenhaften Vogel Phönix beschrieb er als ergebenen Erdulder aller Leiden, denn die Auferstehung sei ihm ja gewiss.

Auf einmal ist es Winter, und dabei ist es noch ganz warm, Selbst die Schwäne, die auf der Loire ihre Kreise ziehen, werden noch von keinem Eis behindert.

Der Winter 1518 auf 1519 kommt in Wahrheit spät – und ist dafür lang und hart.

Der Meister war unruhig, er warf den Kopf von einer Seite zur anderen. Er wusste, wo er war, und er wusste, dass es zu Ende ging. In seinem Kopf jedoch kreisten Gedanken an das Danach; vor allem daran, ob er für den weltlichen Teil dieses Danachs alles gut geregelt hat. Vor einigen Tagen hatte er im Beisein von Zeugen sein Testament gemacht. Er hatte Francesco zum Vollstrecker seines letzten Willens und zum Sachwalter seiner Hinterlassenschaften, vor allem seiner Schriften, eingesetzt. Salai und sein Diener Battista wurden erwartungsgemäß mit je einer Hälfte von Leonardos Grundstück in Mailand bedacht. Und auch die Haushälterin Maturina erhielt zum Dank für ihre treuen Dienste ihren Teil. Aber das war es nicht. Im Kopf gingen ihm eher Gedanken zu seinem Begräbnis herum.

Er hatte verfügt, dass zu seiner Beerdigung, neben den entsprechenden Klerikern, sechzig Bettler bezahlt werden sollen, um mit ebenso vielen Wachsstöcken sowie Kerzen aus insgesamt zehn Pfund Wachs seinen Sarg auf dem letzten Weg zu begleiten. Gleichzeitig sollte ein nicht geringer Betrag Geldes unter die Bettler in Amboise verteilt werden.

Waren sechzig Wachsstöcke wirklich genug? Und die zehn Pfund Wachs? Würde das den Gemeinden Saint Denis, Saint Florentine und Saint Gregoire in Amboise für die Begräbniszeremonie zugedachte Geld als genügend angesehen werden? Und was war eigentlich mit den Spenden für die Armen, waren die ausreichend?

Hatte er wirklich alles bedacht, oder gab es etwas, das seiner in den letzten Tagen getrübten Aufmerksamkeit entgangen sein mochte ...

Alle Angst ist im Grunde die Angst vor dem Sterben, und erst wenn man diese Angst vor dem Tod verloren hat, hat man auch die Angst vor dem Leben besiegt. Was ist das denn, der Tod? Nichts ändert sich, auch wenn alles danach anders ist. Früh hat Leonardo begriffen, dass der Tod die Grundvoraussetzung allen Lebens ist. Denn, so trug er in sein Tagebuch ein: *,Der Körper jeder Sache, die Nahrung benötigt, stirbt und erneuert sich ständig, denn neue Nahrung kann nur dorthin gelangen, wo die alte Nahrung aufgehört hat zu existieren. Und was nicht länger existiert, hat kein Leben mehr.'*

Aber das ist nur der materielle Teil seiner Gedanken. Viel wichtiger ist ihm aber die geistige, die seelische Seite. Und deshalb schrieb er auch: *,Wie ein gut verbrachter Tag einen glücklichen Schlaf beschert, so beschert ein gut verbrachtes Leben einen glücklichen Tod.'*

Hat er ein gutes Leben verbracht? Ja ... und nein. Gemessen an seinen Ansprüchen hat er nicht viel geschaffen. Das meiste ist mehr, aber vieles auch weniger oder gar nicht vollendet. Das betrifft die Bilder, aber auch und vor allem seine zahlreichen wissenschaftlichen Schriften ... all die Notizen und Tagebuchblätter ... Francesco wird weiterhin versuchen, sie mit akribischem Fleiß zu sortieren, aber nichts ist publiziert.

Seine Bilder ... welche Mühe haben sie ihm bereitet, da er immer die Perfektion suchte und sie so schwer zu finden vermocht hatte. Herausstehende, hochwohlgeborene Männer hat er nicht gemalt. Kein Medici, kein Sforza, nicht einmal ein Papst wurde von ihm für die Ewigkeit auf Leinwand oder Holz gebannt. Sie haben für seinen Unterhalt gesorgt, im Gegenzug hat er sie unterhalten; allzu schnell wurden sie vergessen. Porträtiert hat er sie nicht. Nicht einmal Gottvater. Dieses Privileg blieb ihren Frauen vorbehalten: Ginevra, Cecilia, Lucrezia; die Jungfrau Maria, Anna ... ja sogar Maria Magdalena hatte er skizziert. Und diese Frauen brauchten den Mann an ihrer Seite nicht, sie brauchten nur *einen* Mann: den Künstler, den Forscher, den Seher Leonardo, der sich vor ihnen tief verneigte. Den Mann, der schon früh begriffen hat: Die Malerei ist ein Werk Gottes; sie ist der Schöpfung verwandt. Übersinnliches, Liebe, Licht, Luft sind darstellbar.

Es gab Männer, die er im Bild verewigen wollte, aber so richtig gelang es ihm nicht. Da war in der Wüste der einsame ‚Heilige Hieronymus' – der über den Entwurf nicht hinausgekommen war. Jesus Christus im Kreise seiner Jünger – bei denen er selber schon zu Lebzeiten erste Spuren der Zersetzung des ‚Abendmahl'-Freskos miterleben musste. Männer als solches kamen bei ihm mehr oder weniger nur in Schlachten vor, wie der ‚Anghiari-Schlacht' – die niemals ausgeführt wurde und von der nur Skizzen erhalten sind. Oder bei dem Reiterdenkmal für die Sforzas – bei dem es nur bis zum riesigen Tonmodell gekommen war, das dann zerstört wurde. Männer kamen bei ihm als Masse oder als das einfache Volk vor, wie die Könige oder auch die in die Szenerie eingebundenen Menschen in der ‚Anbetung' – ebenfalls nur als Entwurf erhalten. Männer erschienen bei Leonardo aber niemals als Legitimation für die Anwesenheit einer Frau; umgekehrt: Die Frauen bedingten die Anwesenheit der Männer.

Einzig das ‚Porträt eines Musikers' – Atalante – ist von seiner Hand, und dann natürlich der ‚Täufer Johannes' mit dem engelhaft schönen, androgynen Gesicht eines seiner liebsten Schüler. Lächelnd und beinahe verführerisch weist er nach oben, auf den in seiner Linken gehaltenen Kreuzstab, das Sinnbild dessen, der nach ihm kommt: *,Siehe, ich bin nur der Wegbereiter, aber nach mir kommt einer, der ist mächtiger als ich, und ich bin nicht würdig, ihm die Schuhe zu binden. Er allein erfüllt mich mit unendlicher Liebe und Freude ...'* Diesen anderen aber, den Nachfolgenden, den Sohn Gottes und Retter der Welt, hätte er malen sollen, den *Salvator Mundi*. Dies wird unerfüllt bleiben, wird vielleicht von einem seiner Schüler letztendlich einmal in die Tat umgesetzt – wer weiß. Leonardo verspürt keine so große Reue darüber. In Johannes ist alles, was auf Jesus Christus verweist, schon angelegt.

Er hatte anderes im Sinn. Er hat der Darstellung des Heiligen in der Kunst ein neues Gesicht gegeben. Er hat die Heiligkeit des Menschseins, besser: des Frauseins, des Mutterseins, gezeigt. Durch Leonardo bekam die Heilige Familie ein weibliches, ein beinahe matriarchalisches Gesicht.

Mit seiner Kunst hat Leonardo auch immer die Natur gewürdigt, das erschaffende, weibliche Element; auch wenn er eigentlich mit der Natur, ihrer Vergänglichkeit und ihrem Verfall, stets in Konkurrenz lag. Denn nur was er darstellte, wurde – im Gegensatz zur Natur – unvergänglich.

Ist nicht die Vergänglichkeit, der Tod, der eigentliche Retter der Welt? In ihm ist alles gleich; in seiner unveränderlichen Notwendigkeit liegt die einzige Sicherheit des Lebens. Nicht die Geburt ist zwingend und gewiss, aber deren Umkehrung, der Tod. Wie oft war Leonardo ihm begegnet; ein jedes Mal, wenn er eine seiner Leichen sezierte. Eben noch ein Mann mit Lebenskraft in den Lenden, lag der leblose Körper nun vor ihm, der sich seinerseits beeilen musste, mit seiner Arbeit schneller zu sein als die einsetzende Verwesung. Eben noch eine junge Frau in guter Hoffnung, gab sie nun ihr Innerstes preis; ihr Kind, dessen Leben und dessen Tod mit dem ihren besiegelt war.

Der Tod ist unabänderbar, auch wenn er selbst der große Veränderer ist. Jeder Mensch, jedes Tier, jede Pflanze vergeht und verschwindet letztendlich, gibt seine Form auf, wandelt sich – nicht erst im Tod, sondern bereits im Leben. Das fällt ihm nun ein, als er an seine gelähmte Hand denkt. Nie wieder wird er mit ihr malen, keine neuen Gemälde – und auch die älteren wird er damit nicht mehr vollenden.

Könnte er doch wenigstens seinen Körper, diesen ihn zurückhaltenden Käfig, verlassen. So wie einst die von ihm auf den Märkten gekauften und außerhalb der Stadtmauern freigelassenen Vögel: Seine Seele würde sich emporschwingen, zu den Schwalben, den Adlern, den Zugvögeln. Sie würde sich den Winden und Strömungen anvertrauen und sich von ihnen an die entferntesten Orte der Welt tragen lassen – endlich frei und an nichts mehr gebunden. Könnte doch der Tod, so wünscht er es sich, das sein, was wir uns von Gott, von Gottes Sohn vielmehr, erwarten: der Salvator Mundi – der wahre Erlöser der Welt – ein Erlöser, in Wirklichkeit, *von* der Welt!

Plötzlich fällt Leonardo seine Alpenüberquerung wieder ein. Damals, schon auf französischer Seite, stand er an einem Abgrund und schaute zurück über ein hinter ihnen liegendes Wegstück. Da lag ein Tal, in das die Sonne hineinschien; man konnte das aber nur durch eine Wand grauen Nebels mehr erahnen als wahrnehmen. So könnte es doch, schoss es Leonardo durch den Kopf, auch mit dem sein, was nach dem Tode kommt: Wahrscheinlich ist es dort hell und wunderschön, aber zu Lebzeiten unserer Wahrnehmung wie durch einen Nebel, einen Schleier verborgen – wie so vieles andere ...

Leonardo kam zu sich. Schwach sah er den Schein der Kerze und den Schatten einer Person neben seinem Bett. Er konnte das alles nicht einordnen; es war ihm, als habe er sich in den Bergen verirrt; auf der Suche nach dem Weg, nach einer Hütte für die Rast, für die Nacht, für einen langen Schlaf. Er war so unendlich müde und erschöpft. Was für ein langer Weg lag hinter ihm, was für ein langes Leben; gleichzeitig: Was für ein kurzes Leben! Wo sollte es ihn jetzt hinführen? Er konnte den Weg nicht erkennen; das einzige, was er sah, war dieses schwache Licht ...

DER MORGEN

Dieser seltsame Traum musste ihn wieder befangen haben; es war jener, den er schon einmal hatte, vor gar nicht allzu langer Zeit. War es erst gestern gewesen? Dieser Traum war einer von jenen, bei denen man spürte, dass es eigentlich weit mehr war als eine Phantasie des Schlafes. Es war eine Form von Realität, die man sich nur nicht recht erklären konnte.

Leonardo befindet sich in einer Flusslandschaft. Wieder sitzt er auf einem umgestürzten Baumstamm, mitten auf einer Lichtung eines an den Fluss angrenzenden Wäldchens. Um ihn herum ist eine beruhigende, einhüllende Helligkeit von unendlicher Schönheit.

Er beobachtet interessiert einen Strom von Ameisen, die geschäftig an einem Baumstamm auf- und ablaufen. Da entdeckt er etwas auf dem Boden. Er bückt sich und hebt es auf. Es ist eine Art Grassamen. Verwundert denkt Leonardo: ,Seltsam, es sieht aus wie die Kralle einer Katze ...'

Plötzlich hört er neben sich eine Stimme.

„Messere Leonardo!"

Er dreht sich um und sieht neben sich eine Frau stehen. Er meint sie zu erkennen, lächelt. „Marguerite, Ihr seid es!"

„Mein Name ist Ariadne!" sagt die Frau. „Marguerite ist bei Euch, an Eurem Bett. Ich aber bin die Führerin aus dem Labyrinth des Lebens." In der Hand hält die Frau ein Knäuel eines silbrig schimmernden Garns.

Der Meister schüttelt etwas unwillig den Kopf. „Es kommt nicht darauf an, wie etwas heißt. Wichtig ist, was es ist."

Er stockt. Hatte er das nicht irgendwann schon einmal erlebt? Alles kommt ihm so bekannt vor. Aber er kann sich nicht mehr erinnern. Ariadne ... Jetzt fällt ihm das alte Karnevalslied Lorenzo de´ Medicis wieder ein, die ,*Canzona de Bacco*', die den Triumph von Bacchus und Ariadne beschreibt: ,*Wie schön ist die Jugend, doch sie entflieht schnell. Wer glücklich sein will, nutze sie ...*' Leonardo legt sein Notizbuch beiseite, das er noch in den Händen hält. Dann schaut er wieder die Frau an. Für einen Moment meint er, in ihr seine Florentiner Haushälterin Giovanna zu erkennen, aber im nächsten Moment sieht sie wieder eher aus wie Marguerite ... oder wie die Frau, die sich Ariadne nennt ...

Leonardo schlug unvermittelt die Augen auf. Marguerite, die durch die Rückkehr des Bewusstseins des sterbenden Mannes einigermaßen erstaunt war, setzte sich so zurecht, dass sie dem Meister direkt ins Gesicht sehen konnte. „Was habt Ihr geträumt, Maître Léonard?"
„Ich habe nicht geträumt. Ich habe die Ameisen beobachtet. Ihr wart doch dabei, Marguerite. Nein, Giovanna, ... Anna, ... ach, ich weiß es nicht." Seine Hand, die gerade eine Bewegung machen wollte, so als wolle sie auf etwas hinweisen, fiel schlaff auf die Bettdecke. So lag er eine ganze Weile, während Marguerite ihm die Stirn mit einem Tuch abtupfte. Er reagierte nicht auf diese Geste. Dann aber schaute er ihr auf einmal direkt in die Augen und sagte mit klarer, fester Stimme: „In Wahrheit sind wir bereits die, die wir glauben, erst werden zu müssen."
Dann sank er wieder in Bewusstlosigkeit ...

Die Frau steht immer noch neben ihm. Etwas unwirsch fragt er: „Was wollt Ihr von mir?"

„Ich will Euch führen. Und ich will all Eure Fragen beantworten."

Er nickt gedankenverloren. „Das einzige, was mich noch interessiert, ist die Zukunft. Ich bin mir sicher und habe dies auch in meinen Tagebüchern aufgeschrieben: ‚*Es wird Wagen geben, die von keinem Tier gezogen werden und mit unglaublicher Gewalt daherfahren*'. Und: ‚*Menschen werden von den entlegensten Ländern aus miteinander sprechen und einander antworten*'." Dann plötzlich leuchten die Augen des Gelehrten auf. „Sagt mir, wird der Mensch je fliegen?"

„Nicht aus eigener Kraft, aber mit der Hilfe der Technik und der Mechanik schon."

„Welch goldene Zukunft", ruft Leonardo aus.

„So werden die Menschen, die in dieser Zukunft leben werden, es nicht sehen. Sie werden Eure Zeit, die Renaissance, als das goldene Zeitalter bezeichnen, weil sie deren Mängel nicht sehen. Sie hingegen werden beinahe alles haben, aber nicht verstehen, damit sinnvoll umzugehen."

„Das ist nicht gut!" flüstert der Meister enttäuscht.

„Deshalb sind wir aber nicht hier", sagt die Frau. „Wir sind hier, weil ein paar Personen Euch treffen wollen."

Erstaunt sieht Leonardo auf. Plötzlich entdeckt er hinter Ariadne, in einer Reihe, mehrere Frauen, die darauf zu warten scheinen, zu ihm vorgelassen zu werden. Er kennt die meisten. Es sind *seine* Frauen, jene, die er in seinem Künstlerleben porträtiert hat. Da sind Cecilia, Ginevra, Lucrezia ... Eine jede von ihnen tritt vor den Meister, knickst und küsst ihm die Hand. Vergeblich versucht er, diese Ehrbezeugung, die eigentlich *sein* Part vor diesen hohen Damen sein sollte, zu verhindern. Dann tritt die eine vor ihn hin, die er besonders geliebt hatte und noch immer liebt.

„Monna del Giocondo!" ruft er aus, und seine Gesichtszüge erhellen sich noch mehr, ja sie strahlen geradezu.

„Ja, Messere Leonardo! Ich bin´s!" Mit diesen Worten hält die Frau, anders als ihre Vorgängerinnen, dem Künstler ihre Hand entgegen, die dieser mit Andacht küsst.

Sie lächelt. „Maestro, ich weiß, dass Ihr mit meinem Porträt nicht nur das Bild einer einfachen Händlersgattin gemalt habt, sondern noch so vieles mehr. Ich werde diese Eure Geheimnisse aber niemals preisgeben."

Leonardo verneigt sich in tiefer Dankbarkeit vor der Dame. Dann fällt sein Blick auf die nächste Frau in der Reihe. „Euch kenne ich nicht, Madame", sagt er, nicht bemerkend, dass er ganz automatisch die richtige Anrede gebraucht.

„Nein, verehrter Meister", antwortet die Angesprochene, „wir haben uns nie getroffen und werden es auch nicht. Ich wollte Euch aber kennenlernen, und dies war der einzige Weg, es zu tun."

„Wer seid Ihr?" fragt er.

„Mein Name ist Eleonore. Ich werde erst in elf Jahren Euren Dienstherrn, Francis, den König von Frankreich, heiraten. Und ich werde für immer meine Schwägerin, Marguerite, darum beneiden, dass sie Euch im Leben hat treffen dürfen."

Leonardo, der die Bedeutung dieser Worte instinktiv erfasst, greift nach der Hand der jungen Frau und küsst sie ebenfalls mit Tiefe und Andacht.

Dann ist alles vorbei, und nur Ariadne steht wieder neben ihm. Sie lässt ihr glänzendes Knäuel von der linken in die rechte Hand gleiten. Dann streckt sie ihren linken Arm auffordernd aus und weist über den Fluss in die Ferne. Leonardo folgt dieser Geste; er weiß, dass es jetzt nichts mehr gibt, was ihn zurückhält, dass er ohne Gefahr den Fluss überqueren kann. Er schaut der Frau ins Gesicht. Sie erinnert ihn an eine Zeichnung, die er erst kürzlich angefertigt hat, die junge Frau in der Flusslandschaft. Sie erinnert ihn aber auch an die Madonna in der Mauernische bei seinem Dorfe Vinci … und nun erinnern ihn ihre Züge an Caterina, seine Mutter. Die Frau ihrerseits schaut Leonardo tief in die Augen, dann sagt sie: „Komm!"

Als Francesco aus seinem tiefen, bleiernen Schlaf erwachte, war es bereits früher Morgen. Er hatte tatsächlich die gesamte Nacht verschlafen, benebelt vom Wein, von dem Essen und der Wärme des nun ausgegangenen Küchenherdes. Schnell eilte er ins erste Stockwerk. Als er das Zimmer des Meisters betrat, saß die fremde Frau vom vergangenen Abend immer noch an Leonardos Bett. Der treue Schüler eilte sofort zu seinem Lehrer, aber er sah, dass mit Leonardo, den Umständen entsprechend, alles in Ordnung schien. Sein Atem ging flach aber ruhig, und Francesco war des festen Glaubens, dass der alte Mann, wie in den letzten Tagen schon, nicht mehr zu Bewusstsein gekommen war.

Die Frau nickte ihm zu, und wortlos setzte er sich zu ihr und zu seinem Meister. Er fühlte das Herz des alten Mannes, das undeutlich schlug. Innerhalb der nächsten Stunde wurde es allerdings immer schwächer. Irgendwann hörte es ganz auf zu schlagen.

Als Leonardo seinen letzten Atemzug tat, beugte sich Marguerite über den Sterbenden und küsste ihn auf den Mund. Francesco war sehr erstaunt über diese Geste, aber die Frau tat dies mit einer solchen Autorität, dass er es geschehen ließ und sich nur fragte, was es eigentlich war, dem er hier beiwohnte. In seiner Brust rangen zwei starke Gefühle miteinander: einerseits die überwältigende Trauer angesichts des Todes seines väterlichen Freundes und Lehrers, und andererseits das Bewusstsein, das hier etwas unerhört Wunderbares und Rätselhaftes geschehen war, das er sich nicht erklären konnte.

So empfing Marguerite von Angoulême, spätere Königin von Navarra, zwei Jahre ältere Schwester von König Franz I. von Frankreich, den letzten Atemzug Leonardos, des großen Malers, Wissenschaftlers und Ingenieurs aus dem Dorfe Vinci nahe Florenz.

Der König selber war zu dieser Zeit auf einem Jagdausflug und wurde erst später am Tage vom Tod des in seiner Obhut lebenden Mannes unterrichtet. Erstaunt erfuhr er, dass Leonardo im Beisein seiner Schwester gestorben war, was er sich nicht erklären konnte. Das allerdings hinderte ihn nicht, für sich in Anspruch zu nehmen, selber an Leonardos Sterbebett gewesen zu sein, dessen letzten Atem empfangen zu haben und dies später zur Legende zu erheben. Er ließ sofort des Künstlers Haus und Atelier versiegeln, damit er sich die Bilder seiner Wahl aussuchen konnte.

Was er und der treue Freund und Schüler Francesco nicht wussten und niemals erfahren haben war, was sich in den zwölf Stunden der letzten Nacht wirklich am Sterbebett Leonardos ereignet hatte.

Marguerite hat dieses Erlebnis, die wenigen Einblicke in Leonardos Leben und das zwischen ihnen Ausgetauschte niemals mit ihrem Bruder oder anderen geteilt. Das Gehörte und Erlebte sollte sie aber in ihrem eigenen literarischen Schaffen beeinflussen, indem es sich in einigen ihrer später veröffentlichten Geschichten niederschlug.

Franz, ihr Bruder, hatte allerdings ein feines Gespür. Er nahm wahr, dass sich zwischen seiner Schwester und dem alten sterbenden Mann etwas abgespielt haben musste. Und er ahnte, dass es jenseits von Macht und Unterwerfung, Sexualität und Wollust, Gönnerhaftigkeit und Selbsterhöhung noch etwas anderes zwischen zwei Menschen geben konnte. Dass jeder Mensch die Möglichkeit in sich trägt, weit über den Umfang und die Begrenztheit seines Körpers, seines Lebensumfeldes oder seines gesellschaftlichen Standes hinauszuwachsen. Dass es für manche keine Grenzen gibt; denn überall, wo Liebe hingelangen kann, wirkt sie auch. Und dass es Dinge gab, die selbst ihm, dem König, nicht zugänglich waren und die man sich nicht erkaufen konnte, selbst nicht mit dem einstmals berühmtesten Künstler und dem in nicht allzu ferner Zukunft bekanntesten Frauenporträt der Welt.

LEONARDO DA VINCI wurde zunächst im Kloster St. Florentin beigesetzt. In den Wirren der Französischen Revolution wurde das Kloster jedoch stark beschädigt, was 1802 zum Abriss der Klosterkirche führte. Viele der Gräber, so wohl auch Leonardos, wurden dabei zerstört oder eingeebnet, und die Überreste gingen verloren.

Allerdings entdeckte man 1863 im Bereich der alten Begräbnisstätten bei Ausgrabungen ein fast komplettes Skelett, einen Bronzering, Reste von weißem Haar und Steinfragmente mit einer Inschrift, die – wie auch andere gefundene Indizien – auf Leonardo hinwiesen. Zudem war der dazugehörige Schädel außerordentlich groß, was zusätzlich dazu beitrug, das gefundene Skelett dem Renaissance-Genie zuzuschreiben.

Die sterblichen Überreste wurden letztendlich 1874 in der Kapelle des Hl. Hubert im Schloss Amboise beigesetzt. Gegenwärtig unternommene genetische Untersuchungen zur Bestimmung der Identität sind bislang noch ohne Ergebnis.

FRANCESCO MELZI verwaltete Leonardos Erbe und ordnete weiterhin dessen Aufzeichnungen. Er kehrte nach Italien zurück, heiratete, wurde Familienvater von acht Kindern und malte noch einige sehr beachtete Gemälde. Er lebte in der Villa seiner Familie in Vaprio d´Adda und starb etwa 1570 im Alter von 78 oder 79 Jahren. Nach seinem Tod erbte sein Sohn Orazio Leonardos Manuskripte.

SALAI lebte in Mailand in seinem Haus auf dem von Leonardo geerbten Grundstück. Er versuchte, aus einigen Gemälden und Kopien von Bildern Leonardos Kapital zu schlagen. 1523 heiratete er und starb nur ein Jahr später im Alter von 43 oder 44 Jahren an den Folgen eines Duells.

KÖNIG FRANZ I. VON FRANKREICH trat neben seinen politischen und militärischen Unternehmungen weiterhin als Kunstmäzen, Bauherr mehrerer Schlösser und als Förderer von Bildung und Literatur sowie des Bibliothekswesens in Erscheinung. Neben vielen anderen Bauprojekten begann Franz I. in den Jahren nach Leonardos Tod, das Schloss Chambord zu bauen. In diesem befindet sich die zweiläufige Rundtreppe, deren Konstruktion auf einem Entwurf beziehungsweise einer Idee von Leonardo da Vinci basieren soll.

Im Jahr 1530 heiratete Franz I. in zweiter Ehe Eleonore von Kastilien, auch Eleonore von Österreich genannt, Schwester von Kaiser Karl V.

In Eleonore hat die Verfasserin dieses Romans immer eine mögliche Leitfigur auf ihrer Suche nach einer Erinnerung an eine Frau im blauen Kleid auf einer Pariser Brücke vermutet.

MARGUERITE D´ANGOULÊME, die ältere Schwester des französischen Königs Franz I., wurde durch Heirat 1527 Königin von Navarra.

Sie beherrschte sieben Sprachen und las Bücher in denselben, betätigte sich als Mäzenin und protegierte Intellektuelle, die der Reformation zugewandt waren. Außerdem war sie eine begnadete und brillante Schreiberin unzähliger langer Briefe.

Als Autorin schrieb und publizierte sie verschiedene literarische Werke, unter anderem eine Versmeditation mit dem Titel „Dialog in Form einer nächtlichen Vision", in der sie sich mit dem Thema Tod auseinandersetzt, sowie die Novellen-Sammlung „Heptaméron".

Die Verfasserin dieses Romans sieht in ihr eine starke Parallele zu der im Amboise der Gegenwart angesiedelten Zufallsbegegnung mit einer geheimnisvollen Frau namens Margot – *une bonne amie*'.

Beide, Marguerite und Margot, kehrten zu ihren jeweiligen Lebzeiten nie wieder an das Grab Leonardos zurück.